神官と王の切なき日々

—神官シリーズ番外編集—

Painful days of priest and king

吉田珠姫
TAMAKI YOSHIDA presents

KAIOHSHA　ガッシュ文庫

表紙イラスト★高永ひなこ

神官と王の切なき日々―神官シリーズ番外編集―

CONTENTS

★本作品の内容はすべてフィクションです。
実在の人物・地名・団体・事件などとは一切関係ありません。

出逢い

I　虹の髪、虹の瞳

一瞬、聞き間違えたのかと思った。

その小僧の吐いた言葉は、それほど信じられぬものであった。

暗い霊安室のなかである。

灯りは、羅剛《らごう》の持つ手燭《てしょく》のみ。

蠟燭《ろうそく》の揺れる焔《ほのお》のむこうで平伏している子供に、羅剛は独語するように尋ね返していた。

「……なん…だと……？」

そのとたん、『冴紗《さしゃ》』という、その貧相な子供は、震えあがってしまった。

「………も、申し訳ありませんっ。忠誠の証《あかし》としてせめて真名《まな》を、と思いましたが……

やっぱり、お耳よごしでしたか……っ」

「俺は、そのようなことは言うておらぬ！　なにを申したかと、訊いておるだけではないかっ。…いま一度、申してみい！」

それでも眼前の子供は、床に頭をこすりつけ、

「……申し訳ありませんっ、……どうかおゆるしください……」

と、震えて繰り返すのみ。嘘などついている気配《けはい》は、微塵《みじん》も感じられぬ。

羅剛は、怒るというより、ただただ唖然《あぜん》としていた。

……この子供の真名が、『世を統《す》べる者』だと……？

ここ修才邏《いざいら》では、おもての名のほかに、『真名』と言われるもうひとつの名をつける習わしがある。赤子が生まれた際、『星予見《ほしよみ》』という、未来を視ることのできる者たちが、その子供の一生をもっとも端的に表した名を授けるのだ。

聞くところによると、『星予見』たちは、けして嘘をつくことができぬのだという。嘘の真名を告げたとたんに、その特殊な能力を失う、最悪の場合、命さえ失うのだと。それゆえ、彼らの言葉は確かな真実であると、固く信じられていた。

……だが、……俺の真名は、まったくわけのわからぬものだぞ……？

だからいままで、あれはただの慣習でつけられるものであって、意味などないのだと思い込んでいた。

羅剛の真名は、『虹に狂う者』という。

空にかかる『虹』など、幾度《いくど》も見ているが、そのようなもので狂うわけがなかろう、虹を見て狂うてしまうのならば、世界中の者が発狂してしまうわ、と内心せせら笑っていたくらいだ。

しかし、――羅剛は、諸国を覇《は》する神国修才邏の皇子《おうじ》として生まれ、父王が暗殺された今、『国王』となる立場である。本来ならば、『世を統べる者』などという真名は、自分のような出自の者にこそふさわしいはずだ。なにゆえ、このような田舎者の小僧が持っているのか……?

……虹の御子とは、……いったいなんなのだ……。

この子供を見た連中は、地に膝《ひざ》をつき、頭を下げていたが、羅剛には理由がまったくわからなかった。

見れば、なるほど、髪と瞳が奇妙な具合に光を弾《はじ》く。

だがそれだけではないか。

いま目の前にいるのは、自分を敬《うやま》い、怯《おび》える、ただの子供だ。

羅剛は不思議な感覚にとらえられていた。

困窮していた暮らしぶりが知れるような、ひどい襤褸《ぼろ》着を身にまとっている。ろくな食事も摂《と》っていなかったのであろう、九つとは思えぬほど、痩《や》せて貧相な身体つき。後生大事に抱えている持ち物も、擦《す》り切れた革袋と、木の細枝で作られた、ひじょうにみすぼらしい弓矢のみ。

であるのに、この子供は、あの凄惨《せいさん》な暗殺現場で、おのれの身の危険も顧《かえり》みず、暗殺者に矢を射たのだ。

羅剛を、救うために。

おのれの父でもなく、父王でもなく、羅剛だけのために。

戦闘訓練を積み、武具を身にまとっていた屈強な近衛兵《このえへい》たちでさえ、挙措《きょそ》を失い、腰が引けていた、あの凄まじい修羅場で、よくぞそのようなことが、…それも、この弓とも呼べぬほどの弓で、……と、あらためて胸が熱くなる。

いままで、『呪われた魔物よ』、『王家に現れるはずもない下賤《げせん》な黒髪黒瞳《こくはつこくどう》よ』、と罵《ののし》られて生きてきた。産んだ母でさえ、羅剛を疎んで自害し、父王にも存在を無視されつづけた。

そのような自分などのために、まさかこれほど滅私《めっし》の働きをしてくれる者がいようとは……。

少々背をかがめ、羅剛はできるかぎりの優しげな声で、言うた。

この子供を怖がらせたくない。この子には、できうるかぎりのことをしてやりたい。

「よい。おまえが悪いわけではない。『真名』は、本人には選べぬものだ。…いや、だれであっても、選べぬはずだ。──俺は怒ってなどおらぬ。おまえの忠義の心、しかと受け取った。褒《ほ》めてつかわすぞ。…さあ、怯えず、おもてを上げよ」

「…………は……い」

冴紗と名乗った子供は、おずおずと顔を上げた。

手燭を近づけ、その瞳を、間近で覗き込む。

刹那《せつな》。

胸を、激しい痛みが襲った。

あまりの衝撃に、呻《うめ》き声さえ上げそうになった。

……なにが……。

起きたのだ……？

この子供は、なんなのだ…？　この胸の痛みは、なんだ……？

痛みと言えばいいのか、なんと言えばいいのか、…絞られるような感じなのだ。生まれて初めて感じた熱さで、胸が苦しい。

羅剛は激しい動揺を押し隠すため、思いついたことを片はしから尋ねていた。

「……お、…おまえっ、…部屋はどこを与えられたのだ…？　そこで満足か？　湯には入ったのか？　食事はすませたのか？　女官はどの者をつけられた？　その者でよいか？　なにか欲しいものはあるかっ？」

冴紗は困惑したように、首を振り、

「……お、お部屋は、……大きなところに、連れて行かれて、そこで休んでいてください、って………そのほかは、……あの、…なにも……」

思わず声を荒らげていた。

「まさか、湯浴みも食事も、まだなのか…っ⁉　もう夜中ではないか！」

たしかに、冴紗の姿は、昼間逢ったときのまま、泥と埃《ほこり》だらけだ。服には、おぞましいことに、なに者かの血飛沫《ちしぶき》の跡《あと》さえ、残っている。

一瞬で頭に血が昇った。

「……あやつら……いったいなにをしておるのだっ！」

むろん、王の暗殺直後である。事態を収拾するため、宰相《さいしょう》および重臣《じゅうしん》たちは大わらわで駆《か》けまわっているはずだ。

聖なる虹の御子などと、あの場面では呼んでいたが、この子をどうこうするより先に、しなければならぬことが山積しているのであろう。

だがだからといって、この子供をないがしろにしていい話にはならぬ。

この子は、自分の命の恩人、ひいてはこの修才邏の、大恩人だ。

「来い！」

羅剛は冴紗の手を取った。

「……え……」

「俺がなんとかしてやるから、ついてまいれ！」

怒りで目がくらんだ。

冴紗のちいさな手を握り、廊下を突き進む。

大股《おおまた》で進む羅剛についてくるため、冴紗は小走りになっている。

途中、相当数の家臣、警備兵らとすれ違った。皚慈王崩御《がいじおうほうぎょ》の報《ほう》を受け、各地から主だった官僚が駆けつけてきたのだろうが、——どの者も、興奮しきった面持ちで、こちらなど見えてはおらぬ様子。

あいかわらず城内は、上を下への大騒ぎである。

会議室の前は、さらに騒然としていた。

なかで声高に言い争っている声が、扉の外まで丸聞こえだ。

「ですが！　いくら虹の御子がご出現なされて、王座を約束されたといっても、羅剛皇子は、まだ御歳十三でございまするぞ！」

「その『虹の御子』とやらは、どうしているのだっ？　本当に虹の髪、虹の瞳など有しておるのかっ？　そのような者、歴史上一人もおらぬのだぞ？　まず実物を見なければ、話にならぬ！」

「……あ、…あの、いまは、御休みになられて…」

「ならば、真実『虹の御子』かどうか調べてから、決めるべきであろう！」

「いや、伊諒《いりょう》さまの真名の噂もございますし、やはり周慈《しゅうじ》殿下《でんか》にご出座願って、」

「馬鹿を申すな！　謀反《むほん》を起こした張本人であろうが！」

「では貴殿、こたびご崩御なさった皚慈王の御代が、素晴らしかったと申されるのかっ⁉　この期《ご》に及んで言葉を取り繕うてもせんないことゆえ、はっきり申し上げるが、皚慈王は近来まれにみる愚王であったろうっ？　羅剛皇子は、その血を引き、あまつさえ平民のごとき黒髪黒瞳であるのだぞっ？　神国修才邏の『金色の太陽神』に、我らは下賤な黒髪黒瞳の王を戴くのかっ⁉」

「だが！」

「いいや、それだけではない！　あの皇子に、国王たる資格があると、貴殿ら、まことにそう思われるのかっ？　人の上に立つだけの器があるとっ？」

会議とは名ばかり、あまたの者たちが、ほとんど喧嘩ごしで怒声を響かせている。

それを聞き、さらに憤りが増し、羅剛は怒鳴っていた。

「衛兵どもっ、どけい！」

飛びのくように兵たちは道を開けたが、なかのひとりが声を上げた。

「――皇子っ！　会議中でござるぞっ。お控えくだされ！」

そのこわもての男は、羅剛の剣の指南役《しなんやく》、永均《えいきん》であった。

羅剛は物心ついたころ、みずから「軍一番の剣の達人はだれか」と問うて、その男を取りたてた。したがって永均は、『皇子の剣の指南役』ではあっても、役職は一介の兵士である。有事の際にも、会議に出席できる立場ではない。

だが長年付き合い、気心も知れた相手である。羅剛も本心を叩《たた》きつけた。

「わかっておるわ、永均！　おまえは俺に話を聞かせたくないのだろうが、…臣どものほざくあのような悪口、今までもさんざ耳に入っておるわ。――だが、この子供のあつかいだけは、どうにも納得できぬのだ！　宰相はじめ、重臣どもに、ひとこと言うてやらねば気がすまぬ！」


「お待ちくだされ、皇子！」

止めようとする永均を突き飛ばすようにして、扉を開ける。

全員の視線が集まる。

喧喧囂囂《けんけんごうごう》の有様であった室内は、一瞬にして静まりかえってしまった。

そのただなかを、冴紗の手を引いたまま、進む。

「……お、皇子……」

声のしたほうを睨《にら》むと、黙りこんでしまう。

むろん、本来ならば『皇子』である羅剛も、会議に加わらせるべきなのである。たとえ十三という歳でも。

国王亡き今、次代を継げるのは、『羅剛』か、叔父の『周慈』しかいないのだ。

しかし、どちらも抜き、臣下のみでの会議である。この国で『王』と『重臣』はほぼ同等の発言権を持つとはいえ、これは異例のことであろう。

あちこちからざわめきが起こる。

「皇子のお連れになっているのが……虹の御子さまか…？」

「おお、あのお方が……」

「確かに、髪と瞳が輝いておる……！」

が、兵士たちとは違い、国を治める者たちは疑り深いのか、平伏したりはせず、値踏みをするように冴紗の姿を眺めている。

羅剛は宰相の前までつかつかと歩み、睥睨《へいげい》した。

「貴様ら、いったいなにをしておる」

少々気弱な宰相は、おどおどと、

「いえ、あの……」

ぐるりと、会議室内を見回してみる。

修才邏の重臣は七人。その下に各七人の臣がついているが、全員が首都に居住しているわけではない。国の各地で役職に就《つ》いているため、現時点で集まっていたのは、三十名ほどであった。

「騎士団長は、どこに……」

顔が見えぬのに気づき、思い出す。

……そうだ。あやつは、父とともに亡くなったのだ……。

代わりに、重臣席に着いているのは、副騎士団長であった。

そこで。

手を握り締めていた冴紗が、突然、悲鳴のような声を上げたのである。

「だめですっ！」

みなが瞠目《どうもく》したが、羅剛も、驚いた。

さきほどまで、怯えてろくに口もきかなかったくせに、いったいどうしたというのだ…？

冴紗は、副騎士団長を指さし、

「……あ、あの人は、……あの席に、つけちゃいけません！　あの人は、謀反人です！」

「…………な……」

ぎょっとしたが、即座に思い返す。

「おまえ、……」

そうだ。この子供は、王城の門のそばに立っていた。正面から謀反暗殺事件のあらましを見ていたのだ。ならば、どの者が父と自分に刃を向けたかも、知っているはずだ。

副騎士団長は狼狽《ろうばい》し、しどろもどろに弁明を始めた。

「……み、御子さま、そ、それは、……国を守るために………」

「でもっ、うしろから急に斬りかかったんです！　卑怯です！　そんなことしてはいけないんです！　あの人が、王さまを殺したんです！」

冴紗は、必死の様子で言葉をつづけている。

「それから！　みなさん、新しい王さまが、部屋のなかに入ってきたのに、…どうして、頭を下げないんですかっ!?　おかしいです！」

羅剛は、茫然《ぼうぜん》としていた。

いや、…感動していたのやもしれぬ。

おのれでもわからぬ感情で、目がしらさえ熱くなった。

……この子は……俺のためなら、なんでもするのだな……。

これほど幼い子が。

手を握り締めている羅剛には、わかった。

冴紗の手はぶるぶると震えているのだ。大の大人、それも一国を代表する重臣たち相手に、恐ろしくてしょうがないだろうに、それでも懸命に声を張り上げている。

あまりのけなげさに、胸が詰まる。

どうしてここまで、自分などに尽くそうとするのだ。

「……もうよい」

羅剛は冴紗を押さえた。

「よいのだ。俺は、かまわぬ。このようなあつかいには慣れておる。だれも、俺を王にしたいなどとは、思うておらぬのだ。…わかっておるゆえ、……おまえが怒る必要はない」

副騎士団長だけではなく、重臣たちのなかにも、謀反に加担した者はいるはずだ。現に、冴紗がここまではっきりと名ざしで指摘しても、だれも奴を取り押さえようとはしないのだから。

昏の片端が、上がる。

宰相はじめ、室内の臣下どもを、ふたたびぐるりと見回し、羅剛は低く言葉を吐いた。

「俺は、よい。父上の死後、順当なら俺が王になるのだろうが、…貴様ら、だれもがそのようなことを望んではおらぬのも、わかっておる。俺ももとより、王になれるとは思うておらぬ。——だが、この子は、違うであろう？　この子供が、神の御子であろうがなんであろうが、…ほれ、見てみい。まだ、これほどちいさな子供であろうが？　このような幼子に対し、貴様ら、すこしは思いやりとゆうを、持てぬのか」

重臣たちの顔には、奇妙な色が浮かんでいた。

顔を見合わせている者たちまで、いる。

そのさまが一層、羅剛の怒りの火に油を注いだ。

「ええいっ！　なんだ、その間抜けづらは！　父上崩御の報せで、貴様ら全員呆《ほう》けたかっ⁉　それとも俺の言うことすらわからぬほど、貴様らはうつけかっ⁉」

恐る恐るという態《てい》で、宰相が質問してきた。

「……失礼でございますが、…なにゆえ、ご一緒に…？　虹の御子さまが、……皇子の寝室にでも、いらしたのでしょうか…？」

思わず怒鳴り返していた。

「馬鹿者が！　王宮の中など、今日連れて来られたばかりの、この田舎者の小僧ひとりで歩き回れるものか！　――俺が、心配になって探してやったのだ！　すると、あんのじょう、だ。真っ暗な霊安室のなか、父の亡骸《なきがら》のそばで泣いておったわ！　…貴様ら、『虹の御子』などと言うておきながら、いったいなにをしておるっ!?　冴紗は、ただひとりの身内の父を、目前で殺されたばかりなのだ！　哀れとは思わぬのかっ！」

「冴紗、……とおっしゃるのですか、御子さまは…？」

憤りで、口から本当に火でも吹きそうであった。

「名も訊かぬ、飯も与えぬ、湯浴みもさせぬ………貴様ら、それでも人の子かっ！　一国を治める重臣たちかっ!?　人の情けも持たぬ者に、国を治める資格などない！　俺のことをとやかく申す前に、おのれらのしておることを、胸に手をあてて、よう考えてみいっ！」


そのとたん、である。

ざっ、と。

激しい音が室内のあちこちから湧《わ》き起こった。

いったいなにが、…と思う間もなく、その音の正体がわかった。

室内にいた者たち全員が、一斉に平伏した音であったのだ。

謀反者であるはずの、副騎士団長までもが、床に膝をついている。

「………貴様ら、…いったい、なにを急に……」

あっけにとられている羅剛に、

「新国王陛下《へいか》」

と。宰相は、重々しい口調で、告げた。

「ただいま、――我ら、修才邏国宰相および、重臣たち、全員一致で、御身を新たな修才邏国王として、お認めいたします」

意味がわからず、羅剛は眉を顰《ひそ》めた。

「……なにを……言うておる…？　俺の話など、いまはしておらぬ！　国王の座など、どうでもよい。叔父上がやりたいのなら、やらせればよかろう！　俺はただ、冴紗に食事を与えたいだけだ！　安らかに居させてやりたいだけだ！　…わけのわからぬ者どもがっ」

おお、信じられぬ……。

まこと、神の御子さまであられたのだ。皇子のお心を、これほどお変えになるとは……。

ありがたい。これで我が国も安泰じゃ……。

家臣どもは、なにやらささやき合っているのだが、顔を伏せ、声を潜めて話しているので、言葉も不明瞭のうえ、意味も理解できぬ。

焦《じ》れた羅剛は、ふたたび冴紗の手を引いた。

「ああっ、もうよいわ！　話にならぬ！　俺が、冴紗に湯殿《ゆどの》を使わせるぞ！　食事も部屋も、俺が整える！　貴様らはそこで、一晩中でも世迷いごとをほざいておれっ！」

「…………あ、あの……」

湯殿へ連れて行く途中、冴紗が申し訳なさそうに声をかけてきた。

「なんだ」

「羅剛さま、わたしは……」

「羅剛、でよい。さまはいらぬ」

いいえいいいえ、そんな畏《おそれ》れ多いことはできません、…と、冴紗は首を振る。

その様子で不安がこみ上げ、立ち止まってしまった。

「……なにか……言いたいことがあるのか、冴紗…？　すまぬな、俺は、……人に慣れておらぬのだ。きつい物言いをしておったか？　恐ろしかったか…？」

「いいえ！」

ひとこと、きっぱり告げたあと、冴紗は自分の言葉で動揺したように、うつむいてしまった。

もじもじと手を引きたがっている様子なので、固く握り締めていた手を離してやると、

――それでも、困惑した表情で立ちすくんでいる。

「……どうかしたのか…？　脅《おび》えずとも、よい。俺は……怖くはないぞ？　おまえの味方

だ。なにを申しても怒りはせぬから、…申してみい」

　首を振り、涙ぐんでいる。

「さしゃ」

　折れそうな細い肩に手をかけ、もう一度、名を呼ぶ。

「冴紗…？」

　おのれの声が、胸のなかで反響するようだ。

　なんと心地よい響きの名であろうか。

　……さしゃ。さしゃ……。

　この胸の甘狂おしい気分は、いったいなんなのだ…？

「……らごう、さま……」

　冴紗のほうも、自分の名をつぶやいていた。

　おなじように、名の響きを胸で反響させるように。

「羅剛、さま」

　なるたけ優しげな声を出して、うながしてやる。

「どうした…？　怒りはせぬと言うておろうに…？」

　ようやく決心がついたように、冴紗は口を切った。

「あの、……虹の御子って……なんなんですか……？　父さんと母さんが、…おまえは『虹の御子』なんだよ、って言ってたんですけど、…詳しいことは、教えてくれなくて……」

まさかそうくるとは思わなかった。羅剛はため息をついた。

答えたくはなかったが、この子に嘘もつきたくなかった。

「いや……実は、俺のほうこそ、まったく知らぬのだ」

言いわけがましく付け加える。

「……俺は、……崇《あが》めてくれるおまえには悪いが、…さきほどの奴らの態度からもわかったであろ？　皇子というても、それらしいあつかいなどされてはおらぬのだ。まともな教育も、受けてはおらぬ。……なにしろ、この醜い黒髪黒瞳であるからの」

冴紗は驚いたように瞠目し、即座に言い返してきた。

「いいえっ、なにをおっしゃるんですか！　すごく、きれいです！　この世でもっとも美しい色は、黒です！　……わたしは、……そう思います！」

羅剛は、苦笑じみた笑いを洩《も》らしてしまった。

……まったく、この子供は……。

なにゆえ、ここまで自分などを崇めておるのだか。

気弱そうであるのに、羅剛に関してだけは、我を忘れたように言を尽くす。田舎者特有の訛《なま》りがあり、幼さゆえか言葉づかいも拙《つたな》いが、だからこそ、精一杯の想いを伝えようとしているのがわかるのだ。

面映《おもは》ゆさと、嬉《うれ》しさに、胸が震えてしかたない。

であるので、羅剛も、心からの想いを伝えた。

「いや……なにもわからぬが、……わからなくとも、……俺は、おまえのためなら、なんでもしてやる。おまえになにがあっても、守ってやる。——それだけは、約束してやる。

……信じてくれ。俺は、一生、おまえを護り抜いてやるからの……?」

冴紗は涙ぐんでしまった。

「……ほんとうは、……なにか、言いたいことがあるみたいなんですけど、……うまく……言葉が、出ないんです」

俺もだ、と羅剛はうなずいた。

「……羅剛さま……」

「ああ。……よい。かまわぬ」

幾度でも、呼んでくれ。おまえの声で、俺の名前を。

胸が熱くて。

ただただ熱くて。

ふたりとも、父を亡くした夜だ。

城は異常な喧噪《けんそう》に包まれている。

なのに、奇妙なほど、ふたりのまわりの空気だけが、凪《な》いでいる。甘やかなほど、とろりと、世界から切り離されている。

湯殿まで手を引いて連れて行き、——思いついて、そっと尋ねる。

「湯には、……ひとりで入るか？　俺が洗ってやろうか…？　それとも、女官でも呼ぶか？」

田舎育ちの子供であるから、他人に肌を見られるのは恥ずかしかろうと、そう思うたのだ。あんのじょう、冴紗ははにかんで答えた。

「……はい。ひとりで、入れます。お心づかい、ありがとうございます」

湯殿の扉の前で、羅剛は胸を押さえていた。

……俺は……どうしてしまったのだ……？

いや、俺がおかしいのではない。あの子供がおかしいのだ。

俺などを心底敬い、尽くそうとするから、…こちらもおかしくなっているだけだ。

だが、……なんと甘い、痛みであろうか。

父が屠《ほふ》られたことも、おのれの未来も、どうでもよい。

ただ、『冴紗』のことしか考えられぬ。

「……さしゃ。冴紗……」

ああ、着心地の良い衣服を用意してやらねば…と、ふと思う。

食事も、冴紗が食べられそうなものを、…父が殺されたばかりなのだから、食欲などなかろうが、それでも口あたりのよい、旨《うま》いものを、……寝るのも、初めての場所で、さぞ心細かろう、俺の部屋でともに寝かせたほうがよいかも…………しかし、……ああ！　いったい、なにをどうすればよいのだ…？　どうすれば、冴紗は喜んでくれるのか…？

胸をかかえ、その場に座り込みたくなった。

……この気持ちは、……なんなのだ……？

冴紗を喜ばせたい。笑わせたい。扉一枚離れただけで、胸が苦しい。声を聞きたい。姿を見たい。体内で嵐が巻き起こっているようだ。

「……冴紗……」

血が、沸騰《ふっとう》しそうだ。

結局、湯殿を使わせたあと、かるい食物だけを与え、おなじ寝台で眠らせた。

昼間のことで、疲れも極限だったのか、冴紗は気を失うような状態で眠りについた。

羅剛のほうは、……寝ることなど到底できず、ずっと、その寝顔を見つめていた。

埃を落とした髪は、まばゆいばかりの耀《かがや》きを放っていた。よく見ると、たいへんな美童であることも、わかった。

しかし真新しい衣服に着替えさせた身体は、襤褸着をまとっていたときより、さらに貧相であった。長旅でもしてきたのか、足など、傷だらけ、豆だらけで、痛々しいほど赤く腫《は》れあがっていた。

「……さしゃ」

目を覚ましたら傷薬を塗ってやるからの？　最高によく効くものを薬師に調合させるから、…いまはゆっくり眠るのだぞ？　いろいろつらかろうが、…なるべく苦しまずにすむように、俺のできることならなんでもしてやるからの？　…と。眠っている冴紗を起こさぬよう、小声でそっとささやきつづける。

冴紗を見つめれば見つめるほど、羅剛の奇妙な気持ちは強まる。

さきほど繋いだ手は、ちいさく、華奢《きゃしゃ》であった。

それならば、…胸に抱きしめたら、どうなのか。

髪を撫《な》でれば……？　肌に触れれば……？

この、ちいさく愛らしい子供が、自分にむかってほほえんでくれたら……どのような心地になるのだろうか。

羅剛には兄弟はいないが、臣下の連れてきた子供には会ったことがある。

しかし、どの子にも、このような感覚は起きなかった。

このような、……胸が焼け焦げるような、熱い想いは……。

Ⅱ　初めての想い

「王！　お動きにならないでくださいませ！」

「さようでございます。寸法が計れませぬ！　早く本宮のお針子たちに報せなければなりませんのに！」

女官たちに窘《たしな》められ、羅剛《らごう》はいらいらと言い返した。

「うるさいのう。なにゆえ、このようなしち面倒くさいことをせねばならぬっ？」

手足を大きく広げさせられた格好で、立たされつづけなのである。女官たちは、肩口から腰まわりやら、あちこちしつこく計っている。

「服など、つねの黒でかまわぬではないか！　いままでは、俺がなにを着ようが、だれも、なにも言わなかったぞ⁉」

ぴしゃりと言い返された。

「いいえ！　そういうわけにはまいりませぬ。もう皇子ではございません、『国王』におなりなのですから、『金色《こんじき》の太陽』であられるお衣装は、どうしても必要なのでございます」

「ええ。まだ国民の前でのお披露目もすんでおりませんし、これからは他国の王たちともお付き合いしていかねばなりません。その際、正式なお衣装は必要です。侈才邏《いざいら》は、世の覇国、『神国』と呼ばれる最高国なのですから」

羅剛は唸った。

……いままで存在を無視してきたかと思えば、今度は、これか。

議会が『国王』と認めた日から、羅剛の生活は一変していた。

自由はなくなり、王となるための詰め込み教育が始まったのだ。

国の歴史、統治の仕組み、世界の状況、各国との関係、……本来ならば、いままで皇子として施されていたはずの教育まですべて、できるかぎりの短期間で教え込もうとするのだから、羅剛としては苦痛この上ない日々だ。

短気な羅剛が、かろうじてそれに耐えていられたのは、――ひとえに『冴紗《さしゃ》』のおかげであった。

あれから羅剛は、昼も夜も、片時も離さず、冴紗をそばに置いていた。

冴紗のほうも、田舎の森育ちで、ろくに教育を受けていなかったらしく、教師はふたり同時に教えるような格好となった。

それが、幸いした。

羅剛は、冴紗の手前、必死にならざるをえなかったのだ。

冴紗の前で良い格好をしたい、ぶざまな姿は見せたくないという一心で、羅剛は、教師たちも舌を巻くほどの驚異的な勢いで知識を吸収していった。

苦笑まじりに思うてしまう。

……あれほどまで、憧れと尊敬の目で見られてはのう……。

手を抜くわけにも、反抗するわけにも、いかぬではないか。

いまも、冴紗は部屋のすみの椅子にちょこんと座り、羅剛が女官たちにいじられているのを、楽しそうに眺めている。

思いつき、名を呼んだ。

「冴紗！」

即座に椅子から飛び降り、駆けて来る。

「はい！　なんでしょう、羅剛さまっ？」

愛らしく素直なさまに、思わず笑みが浮かぶ。

冴紗は、数日のあいだに、ずいぶんと小綺麗になった。痩せこけた身体には、まだ肉などつかないが、手足の腫れや傷はだいぶよくなった。

羅剛はみずから、毎日冴紗の手足に薬を塗り、早く痛みが取れるようにと、暇さえあればさすってやっていた。

「……なあ、おまえはどう思う？　このように煌《きら》びやかな服…？」

瞳を輝かせ、冴紗は即答した。

「はい！　たいへんご立派です！　いつもの黒もきれいですけど、金色のお色は、羅剛さまにとてもお似合いだと思います！」

渋面《じゅうめん》を作っているのが馬鹿らしくなるほど率直に返され、さすがに、ひねくれものの羅剛も照れ笑いになってしまった。

女官たちは、くすくすと笑っている。

「王さまも、冴紗さまにかかっては、かたなしですわね」

「いいかげん、おあきらめくださいませ。冴紗さまにそれほど褒められましたら、いくらお嫌な金服でも作らぬわけにはまいりませんでしょう？」

「ほんに仲のおよろしいことで、ほほえましゅうございますわ。王さまは、弟君《おとうとぎみ》のように冴紗さまをお可愛がりになられる」

ふん、と笑い返してやる。

「本当に可愛いのだから、しかたなかろう。……ああ、まったく、な。冴紗に褒められたら、なんでも着てしまいそうだぞ、俺は。——おまえたち、いまのうちだぞ？　派手な服を着せたいのなら、冴紗がそばに居るときしか、俺は受けてやらぬからな？」

「さようでございますわねぇ！」

「ならば、もっと煌びやかなお衣装を、お針子たちに提案しておきますわ！」

みなで大笑いである。

女官との掛け合いを聞いていた冴紗は、恥ずかしがって赤くなっている。

羅剛は、大きくひとつ息を吐き、思う。

……まこと、…夢のような日々だな。

暗殺された父に申し訳ないと思う気持ちも、…すこしは、ないではなかったが、……それ以前に、羅剛はいままで、あまりにも虐《しいた》げられすぎていた。

新たに教師となった者たちの言葉を聞くと、父に憎まれていたことがよくわかるのだ。

『いまだから申せますが、……前王は、御身に一切の教育を施すなと、ご命令だったのでございます。宰相、七重臣がこぞって反対し、かろうじて最低限の教育だけは許可されましたが――それでも、国の宗教などに関しては、教えた者は首を刎《は》ねるという、きついお達しでございました。どうか、我らのこれまでのご無礼、お赦《ゆる》しください』

そして、反乱軍は、実は二派あり、ひとつは『叔父の周慈《しゅうじ》』を担ぎあげる派、もう一派は、なんと『自分』を担ぎあげる派であったという。

しかし、どちらも一致していたのは、『現王の統治では、確実に修才邏は滅びる。皚慈王《がいじおう》は弑《しい》奉《たてまつ》らねばならぬ』ということであったと。

それを聞いたとき、羅剛は、心底から驚いた。

自分を担ぎあげようとする者たちが、この国にいるとは、想像もしていなかったからだ。

だが。

人々の言葉が、真実であっても、新たに王となった自分に対しての、媚《こ》びへつらいであったとしても。

ひとつだけ、自分は『確かな真実』を手に入れた。

……冴紗だけは、……嘘をつかぬ。

あの極限状態で、身を挺《てい》して羅剛を救おうとしたのだ。

あれこそ、まことの忠義であろう。冴紗だけは、けして自分を裏切らぬ。真実、信頼に足る人間であると。

女官たちに向かい、羅剛は声をかけた。

「ようわかった。俺は、なにを着せられても納得してやるが、——俺だけではなく、冴紗の衣装も、もう何着か作ってやってくれぬか？」

冴紗は驚いたように、手を振った。

「……いいえ…っ、もうずいぶんいただきましたからっ」

「いいや。駄目だ。おまえは俺のそばにずっとおるのだからな。これからも、生涯。俺と並んでおかしくないくらい、見栄えのする衣装を着ろ。なにしろ俺は、人前に出る際には、このような綺羅綺羅《きらきら》しいものを着なければならんらしいからの？」

冗談まじりの言葉に、冴紗も女官たちも、吹き出していた。

そのさまを見て、羅剛はなんともいえぬ心地よさを感じていた。

……よい女官たちが集まってくれたものだ。

なにもかもがうまくいっている。

信じられぬほど。

実は、――ここは、『花の宮』と名付けた別宮なのである。

冴紗のため、王宮の南側に、大急ぎで新たな宮を建てた。

慣れぬ王宮内で暮らすのはさぞつらかろうと、冴紗が穏やかな心地になれるよう、優美でやわらかな造りにし、庭にも花をふんだんに植えさせた。

そして花の宮付きの女官たちに関しては、「身分や育ちなどどうでもよい、優しげで気さくな女たちを集めろ」と命じた。採用した女官たちには、「俺のことなど崇めずともよい。『冴紗』だけを護り、誠心誠意仕《つか》えよ」と、言い含めた。

すべては、冴紗のために。

冴紗のおかげで、いまの自分はあるのだ。命があるのも、王になれたのも、これほどの安らぎに浸《ひた》れるのも、あらゆることが冴紗のおかげだ。

このちいさくみすぼらしい田舎者の小僧が、自分の人生を変えてくれた。

冴紗は、初めて、人を信じることを教えてくれた。

まわりの人間すべてを憎んでいた自分が、人の情《なさ》けに気づくことができた。

……王宮中の嫌われ者であった俺が、このように女官たちと、笑うて話しているとはのう……。

女官だけではなく、重臣たちとも、いまの羅剛は理想的な状態で付き合っていた。以前では想像もできなかったような姿だ。

冴紗がそばにいてくれさえすれば、――かならず自分は、最高の『修才邏国王』となれるだろう。


冴紗はちいさな従者のように、どこへ行くにも羅剛に付き従った。

会議の出席などは、さすがに幼い子供には難儀な様子であったが、それでも離れるのが不安らしく、つねにそばにいたがるのだ。

本人は、ほんとうにおのれのことを羅剛の従者だと思い込んでいるのか、一丁前に荷物などを持ちたがり、よたよたしながらも、懸命に運ぼうとする。

むろん、気がすむまでやらせたあと、適当に取り上げるのだが、そういう姿が、ひどく可愛らしく、いとおしかった。

重臣たちも、「なんとほほえましい」「羅剛さまのおそばには、やはりお歳の近い方がおられたほうがよろしいのですな」と、笑って見ている。

冴紗が来たことで、王宮全体が明るくなった感じだ。

しかし、冴紗本人がもっとも好きなのは、――どうも『剣の訓練』らしかった。訓練の予定日になると、朝からそわそわし、羅剛がうっかり時間を忘れそうになったりすると、さりげなく急かしたりするのだ。

永均《えいきん》との剣の稽古《けいこ》は、王宮の中庭で行う。

初めて会った際は、小山のように大きく見えた永均だが、羅剛が十三になったいまは、背丈もかなり近くなってきた。

剣と武術の訓練内容も、最初の数年間は、筋肉をつけ、動きを覚えるためと言われ、型だけしか教えられなかったが、いまは剣を持ち、互角《ごかく》に戦うほどになっている。

いつものように、冴紗はすこし離れた場所に陣取り、わくわくしたような瞳で稽古を見つめている。

礼のあと、駆け寄り、剣を斬《き》り結ぶ。

跳《は》ね上げ、ふたたび斬り合い。

そのたびに剣から火花が散る。実戦さながらの訓練風景である。

子供には恐ろしかろうと、ときおりちらちら冴紗のほうを見るのだが、冴紗はかならず、食い入るように凝視しているのだ。

見ていられると、力が漲《みなぎ》る気がする。

冴紗の前なのだから格好の良いところを見せたいと、羅剛は張り切り、近ごろは指南役の永均をぎりぎりまで追い詰められるようになった。


「おお！　ずいぶんと腕を上げられましたな、王！」

ひとしきりの激しい斬り結びのあと、永均が言うた。

「このぶんでいくと、それがしが一本取られる日も間近ですな」

息はそうとう切れていたが、羅剛もにやりと笑ってやる
「……ほかの者の言葉なら、世辞と思うて、信じぬところだがな。おまえの言葉だから信じてやるわ」

この男は、嘘などつかぬ。

父ほどの歳の永均を、羅剛は内心父のように想うていた。

冴紗から聞いたあの暗殺事件のあらましも、その想いに拍車をかけていた。

父王を守った者は、たしかに、ほとんどいなかったという。騎士団長と、冴紗の父くらいのものであったと。

だが、羅剛を守ろうと動いた者は、多数いた。永均もまた、そのひとりであった、と。

冴紗が羅剛の前に現れてから、ひと月あまり。

めまぐるしく状況は動いた。

羅剛は、しかるべき時期が来たら、『修才邏国王』として、おもてに出る手はずになっていた。

反乱軍の制圧も、順調に進んでいる。

叔父は、息子の伊諒《いりょう》とともに牢に繋がれ、叔母は自害。……羅剛が望んだ結果ではないが、重臣たちの出した答えだ。いまはそれに従おうと考えていた。

「あの、羅剛さま。……一息入れるようでしたら、お飲み物でも、…なにか、いただいてきましょうか?」

おずおずとかけられた声で、気づく。

冴紗は、とにかく羅剛のためになにかしたくてたまらぬらしい。

その気持ちを愛《め》でて、うなずいてやった。

「そうだな。…すこし休むか、永均?」

わざと疲れたふうを装い、その場にどさりと腰をおろす。

永均も、打ち笑んで、同様の芝居をした。

「左様。少々疲れ申した。飲み物などござったら、大変ありがたいですな」

冴紗は顔を輝かせた。

「はい!　お待ちください!　すぐ持ってまいります!」

嬉しそうに駆けて行く後姿を眺めつつ、永均がしみじみと、

「……お元気になられましたな、冴紗さまは」

冴紗の背を見送り、おいおい、そのようにあわてて駆けては転んでしまうぞ、べつに急がずともよいから、ゆっくり行け、…と、内心で声をかけてやりながら、永均には横顔で応える。

「ああ。愛らしかろう?」

「まこと、御身にひどく懐かれて」

ふふ、と頬が緩む。

「ああ。弟のようだと、女官たちも笑うておったわ。…本人は、俺の従者かなにかのつもりらしいがの。――好きにさせてやっておる。冴紗が嬉しいのなら、それでよい」

ふと。羅剛は、気になっていたことを、尋ねてみた。

「――ところで、永均。俺はいまだ不思議なのだがな。…あのとき、なぜ重臣たちは、突然、俺を『王』に選んだのだ? そのような話の流れではなかったのだが、……俺は、怒りのあまり、奴らに噛《か》みついておったのだが……おまえ、扉の外でもなりゆきは聞こえておったろう? どう思う?」

無骨《ぶこつ》な男は、しばし考え込んだふうであったが、

「……確かに。あのときより以前には、御身が王となられることに反対する者も、多数お

りましたな」

ふん、と羅剛は鼻で嗤《わら》った。

「俺が黒髪黒瞳であるからだろう？」

「いや」

と永均は、つづけた。

「それもあり申すが……それだけではござらぬ。正直申して、御身は、他者を思いやるお心に欠けていらした」

じろりと、睨み返してしまった。

「当然であろうに。俺がいったい、だれを思いやれるというのだ…？　俺がどのような育ちをしているか、貴様ら全員、よく知っておろうが？」

ああ、しかし…と羅剛は付け足した。

「おまえが死んだときくらいは、…たぶん、たむけの花くらいおくってやるだろうがな」

壮年の武官は、深々と頭を下げた。

「痛み入ってござる」

羅剛はふたたび、ふんと嗤った。

「俺は、本当を言えば、……王になろうがなるまいが、どうでもよかったのだ。どうせ人に嫌われている人間なのだと、ひねくれかえっておったからの。――だが、冴紗が、…あれほど俺を崇めておるのでな、…あれの理想とする男に、俺は、なりたくなったのだ。冴紗を守れるような立派な王に、な」

永均は深くうなずき、

「それが、人を思いやるお心というもので、ござる。御身に欠けていらした、そのお心を、あのとき重臣たちは、しかと見届けたのでござろう。——それがしも、いまの御身であれば、ご立派な王となられると確信いたしてござる」

少々むっとした。

「さあ、………わからぬな、俺には。だが、おまえや重臣たちが、そう思うのなら、そうなのだろう。……だが、なんと取られようと、……俺はただ、冴紗を幸せにしてやりたいだけなのだ。冴紗の望みを、すべて叶えてやりたいだけだ。…このような気持ちは、初めてでな、……おのれでも戸惑うておるわ」

言うていて、さすがに気恥ずかしくなり、話を変えた。

「ああ、——そういえば、冴紗は、『真名』を、俺に教えてきたぞ。ほかに忠誠の証とするものがなにもないので、…とな」

永均は驚いた様子であった。

「それは……主君に忠誠を誓う際の、しきたりでござるが……しかし、あのような幼い方が、よくご存じでしたな」

「亡くなった父が、近衛兵になりたがっていたそうだ。だから、そういうしきたりも知っていたのだろう」

冴紗の父は、死後ではあったが、望みどおり『近衛兵』に取り立ててやった。いまは近衛の服に身を包み、修才邏兵のみが葬られる墓所で眠っている。

しかし、『真名』など、真実あたるものなのか？　と尋ねようとし、――ふと、思いつく。

「たしか……おまえも以前、俺に『真名』を言うておったな？」

片頬《かたほお》で、武官は笑った。

「無論のこと。それがしの主君は、御身でござるゆえ」

探るように、重ねて尋ねる。

「父上にも、…言うてあったのだろう…？」

妙に堅苦しく答えてきた。

「それがしにとって、お仕えする主君は御身おひとりでござる」

永均の堅苦しい物言いは慣れていたはずであったが、……なぜだか、胸が詰まった。

以前は、この男のまことを、見極められなかった。

いまなら、わかる。

この男は、心からの真実を述べているのだと。

「………冴紗がの、…あのおり、おまえは、父上をお護りせず、ただ一目散に俺を護りに駆けつけたと、そう言うておった」

下級歩兵である永均は、軍列の最後尾近くを進んでいた。抜きはなった剣を閃《ひらめ》かせ、仲間の兵さえ蹴倒《けたお》さん勢いで駆けつけるやいなや、謀反者たちの前で仁王立ちとなり、その身を挺して羅剛だけを護ろうとしたのだ、と。

顔を見て話すには言いにくい言葉であったので、わずか視線をそらし、

「永均。——俺はいつかおまえを、この修才邏の、軍部最高指揮官、『騎士団長』にするぞ。おまえを、七重臣のひとりとする」

「それは……っ」

「王は、重臣選びに口を出さぬ決まりである、と？　むろんおまえが、歩兵あがりの下級兵士であることも、知っておる。——だが、武勲《ぶくん》は十分すぎるほどあるはずだ。腕も、修才邏軍一であろう？　…俺だけではなく、母もおまえを重用したというではないか。おまえは、放っておいても、いずれは出世する男だ。俺がすこしばかり推《お》したとて、たいした問題ではないわ」

静かにつづける。

「のう、永均。…俺には、信頼できる者が必要なのだ。重臣たちには、ときをかけて説得する。…おまえには、俺の脇を固めてもらいたいのだ。冴紗とともに、生涯」

そこで話はいったん取りやめになった。

冴紗が飲み物の盆を持ち、小走りに駆け戻ってきたからだ。

「お待たせいたしました！」

子供の足では、厨《くりや》まではかなり遠かったはず。あんのじょう冴紗は、はあはあと肩で大きく息をしている。

「ああ。すまぬな」

受け取ってやると、息を切らせつつも、まことに嬉しそうに笑う。

「いいえ！　羅剛さまのお身のまわりのお世話ができて、わたしは本当に幸せ者です！」

冴紗は無邪気に言葉をつづけた。

「わたしは、早く大きくなって、羅剛さまをお護りする兵士になるのが、夢なんです！　父のように、王さまの盾《たて》となって死ぬのが理想です！」


一瞬。全身におぞけが走った。

……兵士、…だと……？


必死に表情を殺したが、背筋を走る寒気のようなものは、治まらぬ。

そのようなことは、考えていなかった。

笑んでいる冴紗を、上から下まで眺めてしまった。

……馬鹿な……。

無理だ。想像するまでもない。冴紗は、…いま、九つだが、幼いころの栄養状態が悪かったのか、体質的なものなのか、同世代の子供に比べ、あきらかに小柄なのだ。これよりどれほど栄養ある食物を与えても、立派な体躯《たいく》に育つことはありえないだろう。

そのうえ、侈才邏軍は、国中から屈強な男たちを集め、烈《はげ》しい訓練を積ませたのち、さらに選抜して、初めて入隊という、極めて厳しい審査方法をとっている。

並みの男でさえ無理であるのに、この華奢で繊弱《せんじゃく》な冴紗が入隊できる可能性など、万にひとつもないはずだ。

それだけではない。冴紗は、自分の盾となって死にたいと、…いまそう言うたのだ。言葉どおり、この一途《いちず》な子供は、そのような局面に遭遇したら、間違いなく羅剛の盾となってしまうだろう。

血の気《け》が引く思いであった。

けして、人の命を軽んじているわけではない。これから、自分を守って死んでいくであろう兵士たちのことも、むろん心苦しく、つらく思うてはいるが、………だが、……冴紗だけは、……駄目だ。冴紗にだけは、そのようなことはさせられぬ。どうしても、厭《いや》だ。

言葉も出ぬ羅剛の気持ちを察したのか、永均が当たり障りのない言葉を吐いてくれた。

「それはよいお心がけでござるが、――冴紗さまは、まだ十にもなっておられぬ。もう少々大きくなられてから、ですな」

純朴な子供は、素直に答えた。

「はい！　早く大きくなります！　そうしたら、わたしにも剣を教えてくださいますね、永均さま？」

「……そのときが、来ましたら」

さすがの永均でさえも、言葉に詰まっているようだ。

そこで、さらに思うたことがあった。

……いや、…ただ、成長が悪いというだけではない。冴紗は、……男の骨格ではないのではないか……？

歴史上初めて現われたという、虹の髪と虹の瞳。

宗教上では、まことの神の御子は、『性を持たぬ存在』とされているらしい。

べつに、そのような言い伝えに惑わされているわけではないが、…冴紗は、肌の色あい、すべらかさ、声の質、…どれをとって見ても、少年というよりは、少女のようなのだ。

このような子供は、見たことがない。貧民の子であっても、九つの少年であれば、もうすこししっかりとした身体つきをしているはずだ。

ちらりと、永均のほうに視線を投げてみる。

永均も眉を顰めている。

同様のことを考えているのは明らかであった。

苦く、思う。

……いつかは、言うてやらねばならぬのだろうが……。

おまえでは『兵士』になれぬ、と。違う道を選んでくれと。

俺はおまえを、普通の側近にしたいのだ。

それでは駄目か……と……。文官になり、宰相や重臣となって俺を助ける道もあるのだぞ、と……。

だが、自分に言えるだろうか。

亡くなった父に憧れ、兵士として生きることを夢見ている冴紗に、そのような酷いことを。

あまりに憐《あわ》れで、言葉にできぬのではないか……？

Ⅲ　恐ろしい真実

　それは、会議の最中であった。

　激しい叩扉の音のあと、警備兵が、泡を食った様子で飛びこんできた。

「畏れながら、申し上げます！　ただいま、大神殿の神官だと名乗る男たちが、門の前に十数名参っております！」

　ごくなごやかな話題であったのだ。それまでは。

　今年は穀物の出来が良いので、他国にかなり輸出できると、――しかし、室内の空気は一瞬にして変化《へんげ》した。

「……大神殿の、…神官、だと…？　何者だ、それは？」

　怪訝《けげん》に思い、羅剛《らごう》は尋ね返す。

　とたん、ざわざわっと重臣たちのどよめきが起こる。

「なんだ、貴様ら？　知っておるのか？」

　もっとも近くにいた宰相が、困惑ぎみに視線をめぐらす。

　どの者も、ひどく奇妙な狼狽《ろうばい》ぶりである。

「おい、どういうことかと尋ねておるのだぞ、俺は」

それでも返事がない。

しばらくして、

「………失念いたしておりましたな」

ひとりが、にがにがしげに、隣の者にささやく声が聞こえた。

それに応えて、

「大神殿、……私はてっきり、前王がお取り潰しになったものだとばかり……」

重臣たちは、顔を寄せ合い小声で、

「いや、…焼き打ち命令はかけたそうじゃが、……兵士たちが天帝の怒りを怖れ、どうしても決行できなかったとか」

「我らも、長く虹霓教《こうげいきょう》から離れておりましたもので、――あれほどの迫害にもめげず、まだ生き残っていた神官がおったとは、…正直、驚きですな」

どんっ！　と、羅剛は会議卓を叩いた。

「貴様ら！　いったいなにを話しておるっ。俺にもわかるよう、詳《つまび》らかに話せ！　こそこそと語り合うな！」

宰相および重臣たちは、身をすくめてしまった。

羅剛は怒声を放った。

「どういうことだっ？　虹霓教とは、なんだ？　その神官という奴らは、なにゆえ、堂々と王宮に乗り込んで来たのだっ⁉」

警備兵の狼狽ぶりからいっても、そやつらが普通の民ではないことくらい、羅剛にもわかった。一般の民が王宮の門を叩くことなど、ありえぬのだ。

横を見ると、冴紗《さしゃ》も不安げな表情である。

「ほれ、見い！　冴紗も怯えておるではないか！　疾《と》く話せ！」

急かす言葉に、宰相は、おずおずと説明を始めた。

「虹霓教というのは、――我が国、…いえ、この世のほとんどの国が信仰している宗教でございます」

厭な気分になった。

宗教というのは、確か父がもっとも疎み、羅剛にはけして教えぬようにと箝口令《かんこうれい》を敷いた事柄ではないか…？

羅剛は先を促した。

「それが、なんなのだ…？」

「はい。なぜか父君が異様に忌《い》み嫌われ、抹殺しようとなさいましたので、…我が国ではここしばらく宗教の話題はご法度《はっと》で、…そして、ここ何百年も、虹の御子さまは現われていらっしゃらぬはずですので、私どもも詳しいことはわからぬのですが…」

焦れて、声を荒らげた。

「ああっ、ぐずぐずと話すな！　して、なにゆえその『神官』とやらが、訪れたのだっ？」

　すると。

　宰相は、苦渋の面持ちで、言うたのだ。

「冴紗さまを、……お迎えに来たのだと、思われます」


　目の前が白くなった。

「………なんだと……？」

　唸るように問うた声が、あまりに剣呑《けんのん》であったのだろう。

　羅剛の短気には慣れているはずの宰相たちですら、震えあがっていた。

「なにゆえ、冴紗を連れて行くのだっ？　いったい、どこへだっ？」

　宰相の代わりに、他の者がおどおどと答える。

「畏れながら、王よ、……『大神殿』で、ございます。虹霓教総本山、霊峰《れいほう》麗煌山《りこうざん》の頂上に建つ、」

　尋ねはしたが、最後まで答えを聞かず、羅剛は吼《ほ》えた。

「ふざけるな！　冴紗は俺のものだ！　貴様らだとて、冴紗が来て、俺に良い影響が、などと言うていたではないか！　なぜ、そのような場所にやらねばならぬっ。いままでどおり、この王宮で暮らさせればよいではないか！」

重臣どもは、困惑ぎみに視線を交わす。

「ですが、……本来、『虹色』をその身のどこかに有した子が現われた場合、女御子《おんなみこ》さまの場合は、…だいたいは王のお妃《きさき》となり、男御子《おとこみこ》さまであられる場合は、大神殿にお身を預け、やがては『聖虹使《せいこうし》さま』にと、」

「うるさい、うるさいっ！　もうよいわ！　聞きとうない！」

羅剛は席を蹴り、

「行くぞ、冴紗！　こやつらのふざけた御託《ごたく》など、おまえの耳には入れんでよい！　おまえの清い耳が、穢《けが》れるわ！」

冴紗の手を取り、扉へと向かう。

「お待ちください、王！」

「我らも、詳しいことはわからぬのです！　ですが、大神殿の神官たちが訪ねてきたのなら、お会いにならねばなりませぬ！　彼らは、何者にも縛られぬ越権《えっけん》を持っているのです！　彼らは、神の使徒でございます！」

聞こえぬふりで、足を進める。

が、――歩みは、そこで、止まった。

なぜなら、扉を開けた廊下に、見慣れぬ黒服の男たちがいたからだ。

「……まさか、大神殿の……」

問うまでもなかった。その者たちの衣服は、ひどく異様で、羅剛がいままで一度も見たことのないもの。『神官』と呼ばれる者たちであることは、一目瞭然であった。

なかのもっとも年老いた者が、一度のんびりと頭を下げたあと、穏やかに口を切った。

「このままでは埒《らち》があかぬと思い、少々無理を申してしまいました。お赦し願えますかな、…新たな、若き王よ？」

羅剛はきつく睨み返した。

「俺に言うておるのか」

「もちろんでございますとも」

「いまここで赦しを乞うくらいなら、なにゆえ俺の許可なしで王宮に乗り込んできた？この場まで、入り込んできた？」

穏やかそうに見えながら、強い意志を込めた口調で、老爺は言うた。

「我らが、山を降り、遠路はるばる参ったのは――むろん、『神の御子』ご顕現《けんげん》の噂を聞き入れたからでございます」

ふん、とあざ笑ってやる。

「神の御子だと…？」

ちらりと冴紗に視線を落とし、

「それがどうした？　冴紗は、ただの子供だ。少々、髪と瞳が変わった色だがな。わざわざ見に来たというのなら、顔くらい拝ませてやるが、」

見たら、さっさと帰れと、——そう、つづけるつもりであった。

だが。

息を呑む音。

神官どもは、冴紗に視線を投げかけたかと思うと、悲鳴のような声を上げたのだ。

そして、床に頽《くずお》れるように、平伏した。

「……お、……お、……まさしく……」

「虹の御子の、ご降臨……！」

「なんと…！　これほどお見事な虹髪虹瞳《こうはつこうどう》であられるとは…！」


羅剛は、我知らず、一歩、二歩とあとずさっていた。

冴紗の手を固く握りしめたまま。

王宮の者たちは、ここまで激しい反応を示さなかったので、忘れていたが、…そうだ、あの惨劇の場面でも、こういうありさまを見た。

あの場では敵味方なく剣を放り出し、血の海のなか、地に額をこすりつけ、冴紗を拝んでいた。啜《すす》り泣きを洩らす者さえいた。

いま、目の前にいる神官たちは、さらに凄まじい興奮状態であった。

神よ、神よ、と手を揉《も》み合わせるように冴紗を振り仰ぎ、ほとんどの者が滂沱《ぼうだ》の涙を流している。

「生きているうちに、まことの神の御子を拝することができようとは…！」

「ありがたや。…男御子さまであられるよし、…これで虹霓教を再興できまするぞ！」

あまりの熱狂ぶりに内心狼狽し、羅剛は振り向き、すがるように、

「……宰相、こやつらは……」

言葉は、喉に凍りつく。

背後の宰相たちも、神官たちと同様、平伏していたのである。

ついいましがたまで、ごく普通に話をしていたというのに。

羅剛の心には、恐怖にも似た思いが湧き起こった。

「…なぜだ…？　なにをしておるっ？　…貴様ら、俺に対して頭を下げておるのではなかろうっ？　…ならば、……冴紗か？　冴紗に頭を下げておるのかっ？　なにゆえだ！」

震える声が、答える。

「………申し訳ございませぬ……。我らも、…冴紗さまが、貴《とうと》き虹の御子さまであられるとは、…わかっていたのでございます。なれど、……御身と冴紗さまが、あまりにお仲がよろしいので…」

「わかっていて、俺には言えなかったというのかっ⁉　憐れんで、素知らぬふりをして

いたと言うのかっ？　冴紗は、…このように、崇め奉られる立場だというのかっ？　俺よりも上位の……？」

絞り出すような声が、答える。

「……御意」

混乱して、羅剛はわめきたてていた。

「ふざけるな！　いま一度、まなこをしっかと見開いて、見てみい！　…ほれ、この子供は、ただの、薄汚い、田舎の小僧だ。…すこしばかり小綺麗にはなってきたが……俺のそばにおるのが、夢なのだぞ、冴紗は？　俺のそばで、兵士になるのだ。…な？　そうであろ？　そう申したはずだな、冴紗？」

冴紗に振ると、冴紗は怯えた瞳で、幾度もうなずく。

自分だけではない。冴紗も、困惑しているのだ。自分と離れたくないのだ。

ならば、このような無礼な者ども、蹴散らしてくれる。

羅剛は神官を足蹴にし、

「どけっ！　どこへなりと、さっさと戻れ！　冴紗は渡さぬっ。冴紗は、俺のものだ！　貴様らのものではないわ！」

動じぬ声が、返ってきた。

「お言葉でございますが、王よ。…前王が、無理に押し進めた宗教弾圧と、無計画な政策で、国民には不満が蔓延《まんえん》しております。――いま、御身が王になられるこのとき、神の御子が修才邏《いざいら》に降り立たれたのは、…これこそ、神の御心でございましょう。――正しき姿に、国を戻さねばなりませぬ」

「……た、正しき、姿だとっ？」

声が裏返ってしまった。

その情けない自分の声を聞き、さらに怒りが増した。

「知らぬ！　貴様らの申しておることなど、俺にはわからぬっ。…なぜ、俺と冴紗を引き離すことが、正しいことなのだっ？」

「御身も、お気づきでございましょう。御子さまは、ただの人ではございませぬ。こたびは、男御子さまのお身体をお持ちのようですが、そのじつは、男性でも女性でもございませぬ。聖なるお方に、性はないのです。男性のお姿を捨てていただき、やわらかで物静かな、女性に近いお姿に、装っていただくこととなります。そして、御歳二十歳の前に、晴れて『聖虹使』となられるのです」

ふいを衝《つ》かれて、言葉に詰まる。

確かに冴紗は、男とは思えぬ身体つきをしている。

女性の姿など装わずとも、いまですら、女性よりも華奢だ。

だが、心は、少年なのだ。

父に憧れ、兵士になることを夢見る、平凡な、少年だ。

羅剛の動揺を見透かすように、老神官は、つづける。

「修才邏再建のためには、『聖虹使さま』が、必要でございます。数百年ぶりに『聖虹使さま』が、それも、歴史上始まって以来の、虹髪虹瞳のお方が立たれましたら、――この国は、かならずや栄えましょう。御身の御代にも、かぎりなき恩恵が齎《もたら》されましょう」

「そ、そのようなこと、どうでもよいわっ。国など、俺の力だけで栄えさせてみせるわっ。冴紗に無理強いせずとも、………とにかく、俺は認めぬ！　断じて、認めてなどやらぬからな！」

それでも老神官は、折れぬ。

「大神殿は、この世でもっとも清らかな場所。男御子さまであられるお方をお護りするには、大神殿以上の場所はございませぬぞ、…若き王よ」

「……き、…清らかだと…っ!?　ふざけるな！　大神殿などというても、年若い、むさくるしい男ばかりが群れておる場所であろうっ？　そして、貴様らのような、薄気味の悪い黒服を着せつけるのだろうっ？　…そのような場所、清らかどころか、近づけるだけで、冴紗が穢れるわっ」

神官どもは、なにやら顔を見合わせ、目配せのようなものをしていたが、

「いえ。大神殿に居るのは、我らのごとき、枯れたような年寄りだけでございます。なに

しろ、御父君が各地の神殿を片はしからお取り潰しになられましたので、いまでは、神官じたいが、ほとんどおりませぬ」

口ぐちに言い訳めいたことを言い返した。

「はい。お衣装も、…『聖虹使さま』だけは、まったく違う、…まさしくこの世の現人神《あらひとがみ》であられることを広く世に知らしめる、ひじょうに麗《うるわ》しいご装束《しょうぞく》、お飾りでございます。――御身が、お優しい想いで、冴紗さまのことを慮《おもんぱか》られ、そのようなことをおっしゃっておられるのは、…はい、私どもも、重々承知いたしております。ですが、けしてご心配には及びませぬ。我らは、心よりお仕えさせていただきますので、――どうか、御子さまを、大神殿に」

初めて聞いたことで動転しているうえ、年寄りたちの、たてつづけの言葉である。

反論さえ、もううまく口から出ない。

羅剛は歯を剝《む》き出しに、威嚇《いかく》のように睨むのみだ。

そこへ、背後から、宰相の声がした。

「……神官さま！」

いつもながらの気弱な物言いではあったが、必死な様子で、

「わざわざお出ましくださいましたこと、大変申し訳なく思っております。この国の宰相として、正式なご連絡もいたしませんでしたこと、深くお詫びいたします。――ですが、

いましばらく、お時間をくださいませ。羅剛王は、ご存じではないのです。この国の宗教も、…いえ、あらゆることを。そして、御子さまも、まだこれほどおちいさいのですから、……せめて、もう少々、お待ちいただけませんか？」

羅剛は唸った。

悔しいが、一国の宰相である男の、擁護《ようご》の言葉は、ありがたかった。

気がつくと羅剛は、冴紗をきつく腕に抱き込んでいた。

王のすることではない、子供じみた振舞いをしているとは思うたが、……身体も心も、言うことをきかぬ。冴紗を盗られてなるものかと、それしか考えられぬ。

話し合いなど、宰相たちに丸投げし、冴紗を抱きかかえ、逃げるように花の宮へと戻った。

羅剛は震えていたが、冴紗もまた、激しく震えていた。

そのうえ、父の亡骸《なきがら》のそばでさえ涙を零《こぼ》さなかった気丈な子が、こらえきれぬように、しめやかに泣いていたのだ。

それに気づいたとき、――羅剛は怒りを爆発させた。

「……赦せぬっ」

俺の冴紗を泣かせおって！

冴紗がいったいなにをしたというのだ！　この子は、俺に懐いておるのだ。俺を慕い、俺のそばにいたがっている。なのになにゆえ、俺たちを引き離そうとするっ？

「おまえを崇めろと言うなら、崇めてやるっ。おまえの真名が『世を統《す》べる者』だというなら、べつに、そのようなことはかまわぬ。統べることになるなら、統べればよかろう。

……だが……俺のそばから離れることだけは………赦さぬっ……！」

「……羅剛さま……」

冴紗を、ぎゅうぎゅうと抱き締め、頬ずりしてやる。

「おまえも、…そうであろ？　俺のそばに居りたいのであろ？」

「はい。……冴紗は、いやですっ。離れたくないです……っ。羅剛さまと引き離されるくらいなら、死んだほうがましです！」

激しい言葉を吐き、涙ながらにしがみついてくる。

いとおしさに、胸が絞られる。

「安心せい！　離しはせぬっ。怯えるな。…俺が守ってやるゆえ、…怯えずともよいっ」

そこで、……なぜか。

羅剛の脳裡《のうり》には、さきほどの神官の言葉が浮かんでしまったのだ。

……女御子であったなら、…王の妃に……？

ぞくりと。

なにかが、体内で蠢《うごめ》いた気がした。

腕を緩め、冴紗の顔を覗《のぞ》き込んでしまった。

「おまえが女であったら、俺の妃に……？」

血が熱い。

「男であることを捨てさせ、女性のように装わせるだと…？」

なぜめまいがするのだ…？

冴紗に無理強いなどするつもりはない。冴紗の望みは、なんでも叶えてやるつもりでいた。

それならば、…この、おぞましいほどの疼《うず》きは、なんだ……？

羅剛は独語するようにつぶやいていた。

「麗しい装束に、飾り……？」

しかし、……それは、抗《あらが》いがたい誘惑でも、あった。

近ごろ冴紗は、見る間に美しさを増していた。

虹の髪、虹の瞳など持たずとも、あと数年も経てば、あたりを光りで払うような美少年に成長するだろう。

もっと気飾らせてみたいという思いは、…羅剛にも、すくなからず、あった。

それよりなにより、一番の誘惑は、……『女性姿を装わせれば、冴紗を兵士とさせずにすむ』ということであった。

そうすれば、冴紗に、おのれの口から酷《むご》いことを告げずにすむ。俺はいつでもおまえの味方だ、おまえが望むなら兵士にしてやりたいが、……王である俺でも、どうしようもないのだ、こらえてくれと、…他者を悪者に、言い逃れができる。

「……俺は……」

抱き締めている子供を、見つめる。

もう、わかっていた。

自分は、冴紗を愛している。

幼く無垢《むく》なこの子供に、欲情している。

言うてもせんないことを、冴紗にぶつけてしまう。

「……おまえはなにゆえ『虹の容姿』など持って生まれたのだ……」

なにゆえ、普通の子供として、俺の前に現われてくれなかった？

普通の子供であったら、けして離しはしない。だれにも邪魔されず、おまえとともにいられたはず。

そして、……おまえを抱けたはず。

実は、羅剛のことを無視していたような父であったが、なぜか一度だけ、妙な笑いを浮かべて、話しかけてきたことがあったのだ。

「修才邏の皇子に生まれ、おまえもやがては妃を迎えよう。だが、修才邏は一夫一婦制でのう、王みずから破るわけにもいかぬのでな。もし、ほかに好きな者ができたら、…ほれ、これを使うのだ」

いま思えば、笑っていたのか、苦渋に歪《ゆが》んでいたのか。

父の差し出してきたものは、薄い精受け。

自身の雄刀にかぶせて使うのだと、そう教えてきた。

その際は、驚き。あとからは不快と嫌悪の思い出となったが、…父はあのとき、なにを思うてそのようなことを言うたのか。

下腹が熱い。

熱くてたまらぬ。

この子を抱きたい。

生まれて初めての、凄まじい情欲であった。いままで堰《せき》止められていたものが、決壊し、氾濫するような。

男であってもかまわぬではないか。男相手なら、後庭花《こうていか》を愛でればよいのだと、羅剛もそのくらいの知識はあった。

父の仄《ほの》めかしていたのは、そういうことではないのか…？

いや、と羅剛は思いなおす。

女御子ならば、だれはばかることなく、自分の妃にと望めたのだ。冴紗には、それだけの価値があったのだ。

ならば……男でも、女でも、かまわぬではないか。

俺は、これほど冴紗を愛している。

どうせ俺は、生涯、冴紗以外のだれも、抱けぬ。冴紗以外に欲情することは、けっしてない。

これから先、どれほどの美姫《びき》が現われようと、毛一筋も、想いは揺るがぬ。

それは、予感ではなく、確信であった。

心に誓うように、思う。

……それならば。俺は、冴紗を、いつかかならず『正妃』にする。

日陰の身になど、させぬ。つらい思いなど、けしてさせぬ、だれの前にも堂々と出せるような『修才邏国王妃』の立場とし、生涯をともに過ごすのだ。

ふと。

羅剛はつぶやいていた。

「……『虹の御子』……？」

そして、国の宗教、『虹霓教』……？

ようやく、長年の謎が解けた。

「そうか！　そういうことか！」

羅剛は馬鹿笑いを始めていた。

……確かに俺は、『虹に狂う者』だ！

「おまえのことであったのだな！」

俺の『虹』は、おまえであったのだ。真名は、俺がおまえに狂うた一生を送ると、…そういう意味であったのだ。

それをきっと、阿呆者の父は、誤解したのだ。息子が、宗教に狂うてしまうのだと思い、弾圧した。

……馬鹿な男め！

あの父らしいわ。と羅剛は呵呵大笑《かかたいしょう》した。

「……ああ、……だが、うつけた父であったが、俺には最高の置き土産を残してくれたとも言えるな！　弾圧して、奴らの力を弱めてくれたのだからな、…ならば、感謝してやろう！」

王宮へ乗り込んで来られるほどの権力を持つ者たちが、力を奮《ふる》っていた時期なら、こちらも不利であったろうが、いまの奴らは弱体化しているよし、…ならばこちらにも十分勝機《しょうき》はある。

これからなにを言うてこようと、激しくつっぱね、冴紗を渡さなければよいだけだ。

いまなら、王宮中の者が味方になってくれるはずだ。

昔の自分とは違うのだ。自分はいま、期待される『王』だ。信頼し、心を捧げてくれる者も大勢いる。

なにも怖がる必要などないのだ。


気づくと、——冴紗が困惑したような顔で、見上げていた。

「ん、…どうした？　急に笑うたから、驚いたのか？」

なにやら、奇妙におかしく、羅剛は腹を抱えて笑った。

……そうか。きっと俺は、冴紗を狂愛した生涯を送るのであろうな！

おのれの一生が、目に見えるようである。

だが、その幸せも、容易に想像できた。

これほどまでに愛せる相手と出逢えたのだ。

そして相手も、心底自分を慕ってくれている。

これより先、どのような苦難が降りかかって来ようと、自分は幸せ者と言えるだろう。

羅剛が笑いつづけたせいか、冴紗もつられたように、ほほえみ始めた。

「……安心いたしました。羅剛さまが、わたしを離さないとおっしゃってくださいましたから」

「ああ。おまえも、俺のそばにおりたい、俺も、おまえにいてほしい。…ならば、何者でも、引き離すことなどできまい。あのように、気味の悪い連中のおる所へなど、可愛いおまえをやるものか。――俺たちは、生涯をともに、仲睦《なかむつ》まじく過ごすのだ？　…のう、そうであろう、冴紗？」

冴紗は顔を輝かせ、返事をした。

「はい！」

「もう心配することなど、なにもないぞ？　泣くでないぞ？」


そのときである。

開け放してあった窓から、ちょろちょろと、小動物が入り込んできた。

床を小走りに駆け、小首を傾げるように冴紗を見上げ、さらに近寄ってくる。

「あ！」

冴紗はとたんに破顔した。

身をよじり、羅剛の腕から抜け、

「ごらんください、羅剛さま！　…あれ、あの動物！」

おいでおいでと、手を差し伸べる。

「羅剛さまが、わたしの故郷の森から、運んでくださったそうですね！　とても人懐こくて、可愛いんですよ！」

「きゃあああああ！」

なぜだか、悲鳴。
次の瞬間、目に映ったものは………。
血まみれの小動物を腕に抱きかかえ、激しく瞳を揺らしている、冴紗。

……いったい……なにが……？

視線をめぐらせてみる。
花の宮である。
さきほど、『神官』どもの来訪から、逃れてきた。
そして、……おのれの手には、抜き放った剣。
……もしや……俺が……斬ったのか……？
冴紗が小動物を抱き上げた。一瞬、頭に血が昇った。そこまでは覚えている。だが、…

斬った記憶は、まったくなかった。

「……俺は……………」

羅剛は茫然《ぼうぜん》と立ちすくんでいた。

血が熱い。

心中で言い訳を叫ぶ。

違うのだ。そのように怯えた目をするなっ！　おまえが悪いのではないか！　いま、俺と話しておったくせにっ、俺のそばから離れたくないと言うていたくせにっ、話の最中に、なにゆえ、ほかのものに目を移す？　俺以外を見つめるっ？

「冴紗、俺は……」

反射的に、冴紗は背後にいざった。

瞳には、はっきりと恐怖の色。

羅剛は剣を鞘《さや》に戻すこともできず、狼狽の声をあげていた。

「なにゆえ、そのような眼で見る…っ？　俺は、…俺はっ、……王であるぞっ!?　この侈才邏の国王であるのだ！　……なにをしても赦されるのだ！　そのような動物、……離せ！　さわるでない！　おまえに触れていいのは、俺だけだ！」

一歩近寄ると、恐怖にかられたように、冴紗はさらに床をいざる。

羅剛は混乱のあまり怒鳴っていた。

「逃げるな！　おまえを斬るとでも思うているのかっ⁉」

脅えの表情で、冴紗は首を振った。

「………いえ、…いえ、……」

「ならば、なにゆえ逃げるっ？　俺のそばに居りたいのではないのかっ？　俺の盾となって死ぬのが夢なのだろうっ？　……おまえが悪いのだぞ！　俺を怒らせたのだから、……」

ああ……どうすればよいのだ…？

冴紗を抱きたい。

身の内が、荒れ狂っている。

いまなら室内にだれもおらぬ。

冴紗の服を剝ぎ、想いを遂げてしまおうか……？　華奢なこの子供を押し倒し、まだ手つかずの清らかな後庭花に、おのれの腰のものを、突き挿してしまおうか……？

いや、…と、心のなかで激しい反論が起こる。

冴紗は、これほど幼いのだ。男同士の睦みごとなど、知っているわけもない。いま、そのような無体な振る舞いをしたら、……確実に嫌われてしまう。

「さしゃ……」

握り締めた掌《てのひら》から、砂の粒が落ちていくよう。

幸せな日々が、壊れていく。

さきほどまで、夢のような幸せのただなかであったのに。


「冴紗……」

おまえを愛している。

だが、……嵐が、来る。

きっと、嵐が、来るのだ。

「……怯えるな。……そのような薄汚い獣、……離せ。離して、…俺のもとへ、来い」

ああ。………めまいが、する。

いまこうして、おまえを目の前にしていても、……恋心が増していくのがわかる。

冴紗。

俺は、いつまで待てばよいのだ……？

おまえに、男の恋を教えられるのは、……いったい、いつなのだ……？

「……冴紗」

愛している、と。

唇が告げたがっている。

おまえはまだ九つの幼子であるというのに。

血が熱い。

おまえが欲しい。

おまえを抱きたい。

ああ、……いったいどうすればよいのだ…？　身が灼《や》かれる。恋に狂うていくのが、わかる。

羅剛は…………立ちすくんでいた。
なすすべもなく。
いとしい冴紗を凝視しながら。
ただただ、膨《ふく》れ上がっていくおのれの恋心に惑い、煩悶《はんもん》し、だがもう言葉すら吐けず、
……いつまでも、いつまでも…………。

渇望
—少年の日の羅剛と冴紗—

痛み、だ。

羅剛《らごう》にとって、冴紗《さしゃ》への恋情は、いささかの甘さもともなわぬ、生きながら身を焼かれ、肉を裂かれているかのような、ただただ激痛でしかなかった。

瞼《まぶた》を閉じて浮かぶは、つねに冴紗の花のかんばせ。

幻聴のごとく耳に響くは、つねに冴紗の鈴音の声。

煌めく虹の髪、虹の瞳。

見つめることしか許されぬ、麗しき神の御子。

それは、——羅剛にとって、生涯ただ一度の恋であった。

十九でありながら、…いや、冴紗と初めて出逢った、あの十三の日から、すべてがわかっていた。

自分は、一生、『冴紗』以外愛せぬ、と。

たとえ拒まれても、疎まれても、狂気のごとく冴紗だけを追い求めてしまうであろう、と………。


作戦会議のさなかであった。

叩扉《こうひ》もそこそこに、衛兵《えいへい》が血相を変えて飛び込んできた。

「失礼いたしますっ、火急《かきゅう》の用事でございます！　大神殿の神官たちが、またもや押しかけてまいりました！」

「なんだとっ⁉」

反射的に席を蹴り、立ち上がっていた。

「あやつら、性懲りもなくまたやって来たというのかっ⁉」

とっさに腰に手をやる。が、短気な羅剛でも、さすがに会議中には剣など佩《は》いていない。

「ええいっ、取りに行く間も惜しいわ！　貴様の剣を貸せ！」

羅剛に負けず劣らず憤慨している様子の衛兵は、一礼すると、即座におのれの剣を差し出した。

「は！　どうぞ、これを！」

うむ、とうなずき、その剣を引っ摑《つか》んで駆け出す。

背後からは、宰相や重臣たちのあわてふためいたような声。

「王っ！　剣など、物騒なものをお持ちくださいますな！」

「戦《いくさ》を控えているのでございますぞ？　どうぞ無益な争いはお避けください！　神官との話し合いなら、私どもがいたしますゆえ…」

扉まで行きかけていたが、振り返り、怒鳴りつける。

「うるさい！　二度と来るなと、幾度言うても無視してやって来るような連中だぞっ⁉

貴様らのような腰抜けどもでは、百人が束になっても押さえ込めぬわっ！」

神官どもがなんの目的で訪れたかは、わかっている。

奴らは、『冴紗』を大神殿に引き渡せと、そう脅しに来たのだ。

虹の髪、虹の瞳を持つ冴紗を、神官たちは異様に崇め、神の御子として祀《まつ》り上げようとしている。

廊下を駆けながら、煮えたぎるような怒りで目がくらんできた。

……『聖虹使《せいこうし》』にする、だと…？　冴紗を山の上の『大神殿』へ連れて行く、だと…？

虚空へ向かって怒声を放つ。

「ふざけるなっ！」

王宮の花の宮に住まわせていても、胸が焼けつくような想いで日々煩悶しているというのに、叶わぬ恋の苦しみに、血を吐くほどの苦しみでのたうちまわっているというのに、……あやつらは、これ以上、まだ自分を追い詰めようというのか！

自分だとて、広い心で、冴紗を『虹の御子あつかい』することぐらいは認めてやったではないか。『性がないとされる神の御子は、中性的な衣装を身につけ、中性的な言葉づかい、立ち居振る舞いをするのが古来よりのしきたりだ』と言うから、怒りを抑え込み、それも受け入れてやった。冴紗本人は、あくまでも『男』でありたい、『女性』を装おうのは嫌だと、さんざん抵抗したが、宥《なだ》めすかし、最後には叱りつけ、従わせた。

むろん、すべては冴紗のためだ。

修才邏《いざいら》国王である自分の立場であっても、冴紗が『虹髪虹瞳』の特異な容姿である事実までは変えられぬ。なにしろ、世のほとんどは虹霓教《こうげいきょう》信仰国なのだ。虹色を有している者は、万民の信仰の対象、本人が望むと望まざるにかかわらず、冴紗はどこへ行っても、崇め奉られねばならぬ運命だ。ならばせめてすこしでも世間との摩擦を減らせるようにと、

…そう慮ってのことだった。

羅剛はギリギリと唇を噛み締めた。

「だが、もうこれ以上は許せぬっ！　――冴紗と引き離されてたまるか！」

あれは俺のものだ。ほかの者になど、けっして渡さぬ！　強引に連れて行くというなら、神官ども全員の首を、たたっ斬ってやるわっ。


庭に駆け出たとたん、黒い一団が目に飛び込んできた。

衛兵たちが必死で止めようとしているが、無視する格好で、悠然と本宮へと歩を進めている。

神の使徒である彼らは、なに者にも冒されぬ特権を有する。厳密に言えば、羅剛であっても彼らには従わねばならぬのだと、そう聞かされてはいたが、…みすぼらしい黒の神官服に身を包んだ男たちを見た瞬間、血が沸騰するような怒りに襲われた。

……おのれ…っ、慮外者《りょがいもの》どもが…！

駆けながら羅剛は剣を抜き放ち、神官たちに切っ先を向けた。

「止まれ！　貴様らが神の使徒であろうとなんであろうと、ここは王宮だ！　俺の許可なくこれ以上進むことは許さぬ！」

正面から対峙《たいじ》すると、神官どもは、あんのじょう剣呑な表情を浮かべたが、いちおうは腰を折り、王への敬意を示した。

が、挨拶もそこそこ、神官のひとりが、喧嘩腰で話を始めたのだ。

「王みずからおでましでしたら、話は早い。むろん、こちらも、諍《いさか》いを起こしたいわけではございませぬ。——私どもがこのたび王宮へと参りましたのは、驚くべき噂を耳にしたからでございます。あなたさまは、こちらの再三のお願いにもかかわらず、冴紗さまを大神殿にはお渡しくださいませぬ。そのうえこともあろうに、訓練兵として修才邏軍へ入隊させておしまいになられた、とか。…それはまことでございますか⁉」

「………っ！」

不覚にも、喉《のど》に唸りがからまった。

ただの言いがかりなら反論もできようが、神官の言葉は、まさしく真実であったからだ。

羅剛の反応を見て調子づいたのか、神官どもは口ぐちに荒らげた声をあげた。

「即答できぬのでございますかっ？」

「冴紗さまは、歴史上初めてこの世にご降臨なさった、虹髪虹瞳の神の御子さまであられますするぞ！」

「穢れた俗世にお置きしているだけでも神の怒りに触れましょうに、よりによって『軍隊』になど、…王よ、なにゆえそのようなことをなさいましたっ⁉」

たてつづけの問責に、羅剛は地団太《じだんだ》を踏んで怒鳴り返した。

「ええいっ、うるさいうるさい！　俺が、本心から、冴紗を兵士になどさせたがっていると、本気でそう思うておるのかっ⁉　――ならば貴様ら、冴紗に土下座されて、それでもつっぱねることができるかっ？　いままでなにひとつねだったことのない謙虚な冴紗が、入隊資格の十五になったとたん、『兵士にさせてくださいませ』と、連日涙ながらに訴えたのだぞっ？　自分の父と同様、兵士となって、王である俺を護るのが幼いころからの夢だったと、虹の御子としての行儀作法も勉学も、いままでどおりきちんとつづける、もう、女言葉も女の服も嫌がらずに受け入れるゆえ、後生だから兵士にさせてくれと、…昼も夜もあれにさめざめと泣かれて、それでも峻拒《しゅんきょ》できる奴がいるなら、――おお、それなら、いますぐ、ここへ出て来てみよ！　ならば俺も、折れてやるわっ。…ただひとりの身内であった父を眼前で虐殺された苦しみ、悲しみを、せめて『憧憬《しょうけい》』というかたちで昇華させている、冴紗のせつない心根を、責め、あざけることができるならなっ！」

まくしたてる言葉に気圧《けお》された様子で、神官たちは黙り込む。羅剛は渾身《こんしん》の力を込めて睨みつけてやった。

……偉そうに、俺を責めるためだけにわざわざ大神殿からやって来たというのか！　……ふざけおって！　貴様らより、何倍、何百倍も、俺のほうが胸を痛めておるわっ。

軍と言っても、巨大国家『修才邏』を守護する修才邏軍は、そこらの小国の弱小軍隊とは違う。ひじょうに厳しい審査と過酷な軍事訓練を行うことで有名だ。

腕に覚えのある屈強な男たちが国じゅうから毎年あまた志願してくるが、最初の入隊試験で大多数が落ち、その後の訓練で半分以上が脱落するほどだ。

怒りというよりも泣きごとのように、羅剛は真情を吐露《とろ》した。

「……冴紗を軍などに入れなければいけなかった俺が、どれほど苦しんでおるか、…貴様ら、わかるか…？　……あの細腕に剣を持たせ、やわ肌を埃《ほこり》にまみれさせて、………もう三か月だ。三か月も、俺は耐えてきたのだぞ？　頑強な男でさえ音を上げるという厳しい軍の訓練で、冴紗が傷つけられるのではないか、身体を壊してしまうのではないかと、心配で心配で……そのうえ、また新たに戦が始まるのだ。週が明ければ、訓練兵たちも戦地へ向かわせねばならぬ。古例よりの実地訓練とはいえ、今年は、『冴紗』がいる………」

繰りごとのようにつぶやいていた言葉を遮《さえぎ》るように、深い声がかかった。

「王よ」

一歩進み出てきたのは、最長老と呼ばれる白髪白髯《はくはつはくぜん》の老人であった。

ゆっくりと一礼すると、他の神官とは対照的に、老神官はおだやかに語りだした。

「ならば、…どうぞ、いまこそ心をお決めになって、冴紗さまを私どもにお託しくだされ。さすれば、御身のご心痛は跡形もなく消えましょう。俗世のどこで戦が起ころうと、問題はございませぬ。大神殿は、不可侵の聖域。この世でもっとも安全で清澄な場所でございますからな」

「安全であろうが清澄であろうが、そのようなこと、知るか！　俺は冴紗を離さぬ！　いずれ、我が妃とするのだ！　…幾度も言うておろうが！」

諭《さと》すように、最長老は言った。

「たしかに虹の御子さまが現われれば、歴史上たいがいは王妃に迎えられておりますが、――それはあくまでも、女御子さまであられた場合のこと。しかし冴紗さまは、男御子さまでございますぞ？　…私どもも、幾度もそう申し上げたはずですがのう？　私どもだけではなく、国の宰相さま方も」

羅剛はまたしても唸りを呑み込んだ。

拳を握り締め、怒りをこらえる。

……男であっても、……仕方ないではないかっ。俺は冴紗以外愛せぬのだ……！

羅剛はすでに十九歳。一般的な王族はたいがい十歳以前に配偶者が決められる。ましてや、世の始まりの国、虹霓教大本山を擁《よう》している『神国侈才邏』の王が、この歳まで独り身を通しているのは、たいへん奇異なことであった。

むろん、宰相はじめ、臣下たちは羅剛に妃を迎えさせようと躍起《やっき》になった。

近隣諸国の美姫の絵姿をかたはしから見せ、どの姫にも羅剛が首を縦に振らぬと、ならば平民でも、いや女官でも端女《はしため》でもかまいませぬ、お気に召す娘はおりませぬか？　と、なりふりかまわぬ様子で女をあてがおうとする。

しかし羅剛は、どのような女にも心を動かされなかった。

羅剛の心を占めているのは、昔もいまも、この世でただひとり。『冴紗』だけなのだ。

ため息まじりに、言葉を吐く。

「貴様らが大神殿に連れて行きたがっても、冴紗は、俺を心底慕っておるのだぞ…？　俺のそばから無理やり引き離そうとしたら、舌を噛み切って死ぬぞ？」

「さようでございますな。それゆえ、我らもこれまで強くは出られませんでしたが、……ですが、冴紗さまのお気持ちは、御身のお心とは、違いましょう？　王に対する純粋なご忠義の念でございましょう？」

痛すぎるところを突かれ、羅剛は視線をそらしてしまった。

哀れな者でも見るような瞳で、最長老はつづけた。

「王よ。御身が正しくこの国の王であられることは、万人が認めていること。そして、正しきご判断をなさる方であることも、みなが認め、ご尊敬申し上げております。…その御身が、お心を冴紗さまにお伝えしておられぬ。それが、すべての答えでございましょう」

あせって言い返す。

「……あ、あたりまえだ！　言えるわけなどなかろう！　あれはまだ、色恋ざたなどわからぬ幼子だ。十五になっても、……俺の想いになど気づかぬ………」

そう。まわりの者はすべて羅剛の恋情を解しているというのに、『冴紗本人』だけは、まったく、毛ほども気づいてはおらぬのだ。

「だが俺は、……冴紗を心から愛しておる。…あれを苦しめることなどできぬ。男の恋心がわからぬなら、……何年でも待つ。冴紗が俺を想うてくれるまで………」

我になく言い淀《よど》んでしまった。

はたして、そのような日が本当に来るのか？　いつか来てくれるのか…？

冴紗にとって自分は、修才邏の王、仕えるべき主君。そしてなにより、同性なのだ。

もう語っているのもつらくなった。

羅剛は剣を収め、唐突に踵《きびす》を返した。

当然、神官たちは咎《とが》め立てる。

「お待ちください、王！」

「話の途中でございますぞ！」

「お逃げになられるのですかっ!?」

振り返らず言い捨てた。

「口を慎め、無礼者がっ！　冴紗の様子を見に行くだけだ！　――もう話すことなどない。貴様らはとっとと山へ帰れ！　何度来ても、冴紗はけっして渡さぬからな！」


修才邏の王宮は、ぐるりと二重の城壁に囲まれている。

内の城壁内には、王の居城であり、国政の要《かなめ》となる本宮、花の宮などの各宮、重臣たちの家。そして外の城壁内には、竜舎、兵士宿舎など。

羅剛は走竜に乗り、兵たちの訓練場へと向かった。広大な面積の城壁内を徒歩で移動していたら、たどり着くまでに一刻近くかかってしまうからだ。


木陰に走竜を繋ぎ、少々離れた場所から訓練兵たちの様子を眺める。

彼らは剣の稽古中であった。

勇ましい掛け声がこだましている。

冴紗の姿は、――虹髪の煌きがなくとも、即座にわかった。

「…………さしゃ…………」

羅剛は木の幹を拳で叩き、荒れ狂うおのれの感情を抑え込んだ。

十五歳から入隊を許されるといっても、それは規約上のこと。じっさいは十五で試験を通れる者など皆無に近い。入隊希望者は幾度も試験を受け、たいがいは二十歳過ぎ、それどころか三十、四十過ぎで入隊、という男も多いのだ。

そのなかで、冴紗はあまりにも小柄で幼かった。おなじ訓練着を身に着けていても、むくつけき大男たちに混ざると、少女のごときに可憐であった。

それでも本人は、他の男たちに負けじと、懸命に剣を振るっているのだ。

痛々しさに、胸が絞られる。

儚《はかな》げでたおやかな容姿とは裏腹に、冴紗は意外と向こう意気が強い。

それがかえって、憐憫《れんびん》を誘うのだ。

出来ぬことを必死でやっているさまが、あまりに憐れであった。

本人の望まぬ姿に生まれのは、羅剛もおなじ。神国修才邏の皇子でありながら、平民のごとき黒髪黒瞳に生まれ落ち、いままでさんざん辛酸を嘗《な》めてきた。

……だからこそ俺は、ほんのいっときでも、冴紗の願いを叶えてやりたかったのだ……。

神官たちの思惑は、虹霓教最高位の『聖虹使』。羅剛の望みは『修才邏国王妃』。

だがどちらに転んでも、冴紗にとっては不本意な人生だ。どちらになっても、美々《びび》しく着飾り、一生たおやかで優美な立ち居振舞いを通さねばならぬ。

本人が真実憧れているのは、羅剛の盾となって死ねるくらいの、『強く逞《たくま》しい兵士』であるというのに……。

ふと、――視線を感じた。

冴紗がこちらに気づいたようだ。

視線が合うと、遠目でも見てとれるほど嬉しそうに笑んで見せた。『見てくださいませ、羅剛さま！』と、おのれを誇る声が聞こえてきそうなくらい、嬉々として剣を打ち振っている。

羅剛はさらにひどい胸の痛みに襲われてしまった。

以前言われた言葉が脳裡をよぎる。

『羅剛さまのお優しさで、こうして兵士となることができました。冴紗は心より感謝いたしております。これからは、誠心誠意訓練に励み、かならずや、御身を護る立派な兵士となってみせます！』

あのときの、潤んだ瞳。

幾度も幾度も頭を下げ、喜びを懸命に伝えようとしていた、いじらしい姿。

羅剛はふたたび幹を殴る。

胸が焼け焦げるような想いを、なんとか散らすために。

……もしや俺は、…よかれと思いながら、冴紗にとってもっとも残酷なことをしてしまったのではないか…？

そのとき、低い声が聞こえた。

「おいでしたか、王」

壮年の錆声《さびごえ》で、だれかはわかったが、横目でちらりと背後を確かめる。

「――永均《えいきん》か」

羅剛の剣の指南役であった男である。

永均は、「は」と、いつもながらの堅苦しい物言いで応えた。

このたび冴紗を入隊させるにあたり、羅剛はおのれがもっとも信頼している人間を『隊長』に任命した。

言うまでもなく、冴紗を護らせるためだ。

羅剛はふたたび訓練兵たちに視線を戻した。

長年信頼してきた永均に、言いたいことは山ほどあるのだが、…ありすぎて、どこから言葉にしたらいいのかわからぬのだ。

ただ、胸の塞がるようないまの苦しみを吐き出したくて、重い言葉を口にした。

「冴紗は……………どうなのだ……？」

しばし言葉を探すように永均は黙り、その後、重い口調で言った。

「――弓術は、素晴らしい腕前でござる。しかし、いかんせん、お身体が華奢でござるゆえ、剣術そのほかは……」

先は、聞くまでもなかった。

「…………使い物にはならぬ、…か？」

無骨な武官は、否定も肯定もしなかったが、せめてもの言い訳のように、

「いや、…弓の腕だけではござらぬな。冴紗さまは、たいへん機智に富んでおられる。兵たちの人望も厚い。軍師としての才がおありのようだ。模擬戦では、冴紗さま所属の隊が必ず勝利しますぞ」

「……そうか」

そうとしか言えないではないか。

なんとか褒めようとしてくれた永均の気持ちは汲むが、すこしばかり軍師としての才があっても、剣の腕がないのなら、実戦には向かぬのだ。

羅剛はついに頭をかかえてしまった。

「俺は…………いったいどうすればよいのだ…！　週が明けたら、出陣せねばならぬというに……」

低く、永均は応えた。

「出陣といっても、訓練兵の毎回の役目は、極めて危険の少ない後方雑務でござる」

「わかっておる！　こたびだけではない、戦中には毎度やらせている、たいしたことのな

い雑務だ。おまえの言うとおり、それこそ出陣とも言えぬものだ。…訓練兵にとっても、そうだろう。奴らは、訓練兵といえども、勇猛を誇る修才邏軍の兵士だ。そこらの国の、烏合《うごう》の衆には負けぬ。……だが、冴紗だけは………一般入隊ではないのだ。兵士になる資格などまるでないのに、……俺が、王の権限で入隊させてしまった………」

永均はなにか言いかけたが、けっきょく黙り込む。

思いはおなじであろう。

あれほど喜び、出陣の日を指折り数えて待ちわびている冴紗を、隊からはずすことなどできるはずもない、と……。

そこで、はっと気づく。

「永均、……むこうが騒がしくないか…？」

顔を見合わせ、訓練兵たちのほうへと視線を飛ばす。

「なにかことが起きたようでござるな」

言うが早いか、永均は駆けだす。むろん羅剛もあとにつづく。

訓練兵たちは、一か所に集まり、なにやら興奮した面持ちである。

「なにごとだっ!? 王のおなりであるぞ！　ご説明申し上げよ！」

永均が一喝すると、潮が引くように兵たちは道を開けたのだが、――そこには、ひとりの兵が倒れていた。

羅剛の口から声が迸った。

「……冴紗っ‼」

血の気が引いた。転がるように駆け寄る。

「冴紗！　いったいどうしたというのだっ⁉　冴紗っ！」

抱き起こそうとするも、冴紗は気を失っている様子で、まったく反応しない。

羅剛は憤激《ふんげき》のあまり、兵たちを咎《とが》めた。

「貴様ら、なにをしたっ⁉　力まかせに、斬りつけでもしたのかっ？　冴紗に傷ひとつでもつけたら首が飛ぶと、さんざん言うたであろうに！」

羅剛の剣幕に、ひとりの訓練兵が必死の様子で弁明を始めた。

「ち、力など、入れてはおりません！　お信じください、王っ、まことでございます！」

他の者も弁護にかかる。

「嘘ではございません！　こいつの言うことは本当です！」

「冴紗さまは、ご自身でお倒れになられたのです！　急に！」

苦痛に顔が歪む。

言われずとも、そのようなことはわかっていた。だれも冴紗と本気で剣など交えてはいない。怪我をさせぬよう、子供を小手先であしらうように芝居を打ち、なんとか相手をしてやっていたのだ。兵たちの言うとおり、冴紗はなにかの拍子に自分で倒れたのだろう。

そうわかってはいるが、…怒りは収まらぬ。

羅剛は冴紗を腕に抱き、頬を撫《な》でてやった。

「……可哀相に……このように汚れて……」

白い肌が。虹の髪が。憐れにも、土埃にまみれている……。

胸が絞られるようだ。

それは怒りではなかった。哀しみに近い感情であった。

「王っ、とりあえず冴紗さまを兵舎へ！」

「私たちがお運びいたしますゆえ…」

差し出された兵士の手を、羅剛は手荒く撥《は》ねのけた。

「さわるなっ！」

他の男にさわらせてなるものか、と胸に固く掻きいだく。

「冴紗は、『花の宮』へ、俺が運ぶ！　薄汚い兵舎になど、連れて行かせるかっ」

冴紗を抱きかかえ、なに者をも蹴散らす勢いで、花の宮へと向かう。

「王！　なにごとでございますっ⁉」

「冴紗さまに、なにかございましたかっ？」

降るようにかかる声も無視して、進む。

とにかく、花の宮へとたどり着き、無事冴紗を寝台に横たえ終わると、今度は大声で呼ばわった。

「だれぞ！　薬師を、ここへ呼べ！　いますぐだ！」


駆けつけた薬師は、冴紗の脈など取り、あちこち診たあと、羅剛を安心させるようにうなずいて見せた。

「とくに、外傷はございませんな。どこか打った様子もありません。もともとお身体の丈夫な方ではございませんから、訓練でお疲れになったのでしょう。少々休まれれば、お目を覚まされると思います」

ただ、…と、薬師は、ため息まじりにつづけた。

「だいぶお痩せになられましたな。線の細い方ではありましたが、以前はもう少々ふっくらなさっていらした」

羅剛もため息になった。

「……やはりそう思うか」

入隊後、冴紗は見る間に痩せてきてしまった。羅剛もそのことは気に病んでいたのだ。

「このご様子ですと、まともに食事や睡眠もとられていらっしゃらないのでは…?」

「……そうやもしれぬ。……手を抜かぬのだ、こいつは、なにごとにも。自分で言いだしたことだからと、いままでどおりの勉学もつづけておる。俺がやめろと言うても、聞く耳を持たぬ。…ほんに、頑固者だ」

責めたいのではない。冴紗の性格は褒められるべき美点だ。

だが、…まわりの者は、冴紗が『冴紗』であるだけで良いのだ。それ以上はなにも求めてはいない。

情けない気分にすらなる。

……無理などさせたくない、安らかに暮らさせてやりたいと思うておる心を、おまえはなにゆえわかってくれぬのだ……。

役目の済んだ薬師は早々に追いだした。

女官たちも、羅剛の気持ちを察してか、控えの間に下がっていった。

寝台脇に椅子を寄せ、羅剛は冴紗の寝顔をじっと眺めた。

「………さしゃ………」

呼びかけても、ぴくりとも動かない。薬師の言うとおり、よほど疲れているようだ。

それをいいことに、羅剛はささやくようにつぶやいた。

「……ほんに、……久方ぶりだのう。おまえの寝姿を見るのは……」

いつからこんなことになってしまったのか。

幼いころは、ふたりおなじ寝台で眠った。だれもそれを咎めなかった。兄弟のようでほほえましいと、みなが笑っていたのに……。

「……俺が悪いのか…？　俺がおまえに春情《しゅんじょう》をいだいてしまったから、…だから俺たちは引き離されることになったのか……？」

幾度も心中で重ねた虚しい問いを、繰り返してしまう。

「……なにゆえおまえは、女に生まれなかった……？」

男であるいまの姿が嫌なのではない。そうではなく、『女』であったら、だれ憚ることなくおまえを妃とすることができた。

「男であっても、…虹の髪、虹の瞳などでなければ……」

兵士にしても、側近にしても、そばに置いておくことができた。神官や宰相どもに引き離されずにすんだ。

いまのこの、『冴紗』が、いとしい。

髪の毛ひとすじ、爪の先にいたるまで、すべてがいとしい。

であるからこそ、自分たちの未来が異なる方向へ向かっていることが、身を切られるよりつらく、悲しいのだ。

そっと、冴紗の手を取る。

手は、痛々しいことに、傷だらけ、まめだらけであった。

憐れさに胸を焼かれ、その手を撫でながら、哀願する。

「……目を開けろ、冴紗。ここには、ほかにだれもいないのだぞ…？　おまえとふたりきりで語り合うても、だれも咎め立てはせぬ。……おまえの声を、聞かせてくれ」

そう言うてはいても、反対に、眠らせておきたい想いもあった。

目が覚めたら、冴紗は自分を『主君』として崇める。きらきらと瞳を輝かせて、兵士になる夢を語る。

それは耐えられぬ苦痛であった。

冴紗が眠っているのを幸いに、羅剛は、いままでどうしても伝えられなかった真実を、ぽろりと口にしていた。

「…………無駄、…なのだ。……どれほど鍛錬《たんれん》を重ねても、…………おまえでは兵士になれぬ……」

言い終わり、あまりの憐れさに、目がしらが熱くなる。

冴紗。

冴紗。

出逢ったあの日、なにがあってもおまえの味方でいると、そう誓ったのに、……俺はもう、おまえの心を護ってやれそうにない。

冴紗の髪を掌で掬《すく》ってみる。

「この髪も……ずいぶんと伸びたな。初めて逢ったときは、肩までもなかったのだが……」

虹の髪は、埃にまみれていても、まばゆい光を放ち、あたりの闇を払う。

久方ぶりに間近で見て、感じた。

日を追うごとに、冴紗は美しさを増している。妍麗《けんれん》な姿は、いまや目を射るばかりだ。

「……冴紗……」

姿かたちだけではない。

冴紗のいちばんの美点は、その心映《こころば》えだ。

けなげで、一途で、ただ一心に羅剛を慕ってくれる。

こみあげる熱い想いで身がふるえた。

男として見られていないのは百も承知だが、たしかに、慕われてはいるのだ。

ならば、……いっそこのまま、おまえを穢してしまおうか。

虹霓教は一夫一婦がさだめ。

いまここで、身を重ねてしまえば、冴紗は清童《せいどう》ではなくなる。『聖虹使』にはならずにすむ。そして自分も、愛のない婚姻話から逃れられる。神官や宰相たちがなにを言おうと、絶対的な『神の教え』を盾に、つっぱねることができる。

焼けるような想いで立ちあがり、寝台に身を屈め、――あとすこしで唇が触れる間際まで行き、……だが羅剛は、どさりとふたたび椅子に腰をおろした。

なんと意気地のない、…と嗤えてきた。

眠っているとわかっていても、犯すどころか、唇にさえ触れられぬのだ。

ふたたび、ちいさく語りかける。

「……冴紗。……俺はおまえに疎まれることが、死ぬより怖いのだ」

まだ幼いおまえを、男の獣欲のまま蹂躙してしまったら、おまえはどうなってしまうのか。

自分を憎むか、軽蔑するか、…それとも、主君の望みならばと、諦めて、ただ人形のように言いなりになるのか……。

ひとつだけたしかなことがある。

「無理やり抱いてしまったら……きっと、もう二度と、これまでのような無邪気な笑顔を、俺に見せてはくれぬな……」

そこで人の気配を感じ、はっと振り返る。

扉のそばに、壮年の男。

「…………いたのか、永均」

ばつの悪さに、羅剛は眉を顰める。

おのれの恋情を隠してはいないが、接吻を盗もうとしていたさまなど、見られて楽しいわけもない。

「いつから見ていた。来たのなら、さっさと声をかけろ」

永均は、申し訳なさそうに頭を下げた。


冴紗を起こさぬよう、隣室へと移りつつ、羅剛は自嘲ぎみに言った。

「おまえらの目に、――俺は、さぞ滑稽《こっけい》に映っておるのだろうな。報われぬ恋に身を焼く、阿呆者だと」

さきほどと同様、やはり永均は、肯定も否定もしなかった。

羅剛は乾いた笑い声をあげた。

「追従《ついしょう》のひとつも言えんのか。…まあ、そこがおまえの良いところではあるがな」

唐突、であった。

永均は、斬り込むように言葉を投げつけてきた。

「王よ。それがし、ひとつ申し上げたき儀がござる」

「……ああ？　なんだ、堅苦しく？　言いたいことがあるなら、言うてみい？」

よほど重要な話であるのか、永均は羅剛の前で武官の最敬礼である片膝つきの体《てい》を取り、低く語り出した。

「では、申し上げるが、――軍隊などという、性欲を持て余した荒くれ者どものただなかに、冴紗さまを入れ、戦場などで起居させ、まさか無事であると、そのような楽観視はなさっておられませんでしょうな？」

血が凍った。

「…………なん……だと……？」

顔を上げ、挑むような目つきで、永均はつづけた。

「本日ご覧になられて、下士官たちの冴紗さまを見る目つき、お気づきでござろう？　いまは、あの程度でござる。冴紗さまもお若い。だが、あと幾年かしたら、冴紗さまはすべての男を虜《とりこ》にする。――そうなったとき、王よ、どうなさる？」

らしくない下種《げす》な物言いである。しかし、羅剛を揶揄《やゆ》している顔ではなかった。それどころか、永均の顔は、あきらかな苦渋に歪んでいた。

羅剛はかすれた声で問いをぶつけた。

「………貴様………なにが言いたい……」

苦いものでも吐きだすように、永均は返してきた。

「おりよく、本日神官たちが来たよし、――これを機会に、冴紗さまを、いっとき大神殿にお預けになられてはいかがか？　出過ぎた言葉であるのは重々承知でござるが、それがし、我が首をかけて、ご進言いたす」

凍った血が、身の内を激しくめぐり始めていた。

ようやく思惑が読めた。

……俺のため、か、…永均……？

冴紗に厭《いと》われるのが怖くて、真実が告げられぬ、そして最善策はわかっているのに決断を下せぬ俺のために、…おまえはみずからそうして悪役を買おうというのか。おのれの首さえかけて。

それとも、宰相たちのように、愚劣な策を弄《ろう》してでも、自分と冴紗を引き離そうという魂胆か……。

だが、どちらでもおなじだ、と思った。

戦の場に連れて行くよりは、ましだ。冴紗に、『兵士として使いものにはならぬ』という惨い言葉を吐くよりは、数段いい。

いまの永均の言葉は、考えまいとしていた羅剛の気持ちを、そのまま代弁したものだ。

羅剛こそが、そう思うていた。

自分の目のとどかぬ場所に、若い兵士たちと冴紗を置いておいたら、…かならずよからぬ振舞いにおよぶ者がでてくる。

冴紗はそれほど美しい。

男たちに近づけてはならぬ。

冴紗は、男を狂わせるのだ。

「…………わかった。……よう申した」


苦痛の表情を見られぬために、背を向けた。

隣室からは、物音ひとつ聞こえない。冴紗は安らかに眠っているようだ。

羅剛は胸を押さえ、祈るように心中で語りかけていた。


冴紗。

いとしい冴紗。

目が覚めたら俺は、おまえがもっとも傷つくことを命じねばならぬ。

あれほど待ちわびていた出兵からはずし、あまつさえ、大神殿へ行け、と残酷なことを言わねばならぬ。

だが、……どうか、俺のまごころだけは信じてくれ。

なにもかも、おまえを愛するがため、おまえを愛しているがゆえ。

しばし離れるだけだ。離れていても、俺はおまえのことだけ想うている。

「戦から戻ったら、すぐに迎えに行くからの…？　俺は、おまえを捨てるわけではないのだぞ…？　わかってくれるな…？」

しかし、もっとも強い望みは、言葉にすることすらできなかった。

……冴紗。

いますぐに、とは言わぬ。だが、いつか………俺の、想いに気づいてくれ。

そして。

この想いの、千分の一、万分の一でもいい、頼むから………………………俺を、男として愛して、くれ…………。

永均と瓏朱姫・一話目

あの方は、一度も涙を流されたことがなかった。

どのような状況に陥ろうとも、つねに、凛《りん》と前を見つめていらした。

燃え立つような紅蓮《ぐれん》の髪。

強い輝きを放つ緑の瞳。

なに者にも屈することのない、気高き孤高の王女、瓏朱《ろうしゅ》姫…………。


深夜、激しい叩扉の音がした。

なにごとかと目を覚ました永均《えいきん》の耳に、老婆の声が飛び込んできた。

「永均殿っ！　起きて、…起きてくだされ！　姫さまが……姫さまが……！」

狼狽しきったようなその声に、一瞬血が凍った。

声は瓏朱姫の乳母のものであった。

永均は身づくろいもそこそこ、寝台から転げ落ちるように降り、扉を開けた。

「どうなさった、乳母殿っ？」

姫の身辺警備の者は、百名ほど。

しかし、姫がお住まいであられる宮の一角に起居を許されたのは、永均を含め四名のみ。

姫はひじょうに気難しいお方で、気に入った兵士しか身近に置きたがらぬのだ。

そういう理由で、宮には女官もいなかった。

姫の日常生活のお世話は、この老婆がたった一人で執《と》り行なっているのである。

「…………ああ、永均殿…………」

見慣れた警備兵の顔を見て気が緩んだのか、乳母はどっと涙を溢《あふ》れさせた。

肩に手をかけ、再度尋ねる。

「乳母殿！　泣いておられてはわけがわからぬっ。姫がどうされたのだっ⁉」

この老婆は、瓏朱姫が唯一故国から呼び寄せた者。

老婆ではあっても矍鑠《かくしゃく》とした仕事ぶりで、普段は兵士たちにも的確な指示を出すのだが、

…その乳母が、ここまで取り乱しているのだ。たいへんな事態が起きているのは明らか。

永均は声を荒らげた。

「お答えくだされっ、乳母殿！」

だが、老婆は永均にすがりつき、激しい嗚咽《おえつ》を洩らし始めたのだ。

「…………姫さまが……姫さまが……ぁ、ぁ、ぁ……」

「だから、瓏朱姫がどうされたか、訊いておるのではないか！　事と次第によっては、ほかの警備の者も叩き起こして…いや、皚慈《がいじ》王にお報せしたほうが…」

とたんに、乳母は顔色を変え、

「それはならぬ！　永均殿のみを、姫さまはお呼びなのじゃ！」

「ならば、事情をまずお話しくだされっ！」

ついきつい口調になってしまったが、いたしかたなかろう。

永均は、五年前、十八のおり、軍随一の剣の腕を買われ、異例の若さで姫の宮付き警備兵となった。『どうしても妾《わらわ》の宮を見張らせたいのなら、修才邏《いざいら》軍生え抜きの、剣の使い手のみを就けよ。強ければ、容姿も歳も役職も問わぬ』と、姫はそうおっしゃったという。

軍部にとって、ただ立っているだけの単純な『宮警備』などに剣の名手百名を就けるのはひじょうな痛手であったが、皚慈王は姫のお言葉に唯々《いい》諾々《だくだく》と従った。

王はそれほどまでに姫を愛しておられたのである

——八年前。

皚慈王が引き起こしてしまった大事件で、修才邏はたいへん厳しい立場に追い込まれていた。

皚慈王は、…当時はまだ皇子であったが、…あるとき、王の名代として出向いた『萋葩《さいは》国王子と泓絢《おうけん》国王女の婚礼』の場で——こともあろうに、花嫁に一目惚れし、なんと、力ずくで攫《さら》ってきてしまったのである。

そのとき、泓絢の瓏朱姫は十五歳。

皚慈王は十六歳。

むろん、王子の花嫁を奪われた萋葩国側は、火を吹くほどに怒り狂い、あらゆる手段を講じて瓏朱姫を取り戻そうとしたが、――なにしろ、修才邏は、神国と謳《うた》われる世界最強の国。敵《かな》うわけがない。

だが、よりによって、婚礼の夜の略奪である。

攫うにしても、神への誓いの前ならまだ言い訳もできたであろうが、『婚礼の誓詞《せいし》』を唱えてしまった以上、萋葩の王子は、二度と他の妃を娶《めと》れぬ。

虹霓教を信仰する国々では、厳しい一夫一婦制が守られているからだ。

そして、それは攫ってきてしまった皚慈にも言えることであった。

瓏朱姫は、すでに他国の王子妃。

神に背いておのれの妃にするわけにはいかぬ。

事態を収拾するため、皚慈の父である前王と王妃は東奔西走し、過労と心労のためか、それから数年も経たぬうちに次々と薨《みまか》られた。

そのようななか、攫われてきた瓏朱姫はと言えば――王宮内の、新たに建てられた小宮に幽閉《ゆうへい》されていたのである。窓には格子が嵌《は》められ、まわりにはつねに武装した兵士が十重《とえ》二十重《はたえ》に取り囲んでいる、という厳重警備の宮に。

とうぜん姫の、皚慈王に対する憎しみは凄まじく、王がすこしでも近寄ろうものなら、

『貴様に触れられるくらいなら、妾《わらわ》は死を選ぶ！』と、剣を首にあてて脅すありさま。

皚慈王がどれほど熱烈な愛の言葉を捧げ、宮を埋め尽くすほどの贈り物をしても、姫が

お心を開かれることはなかったのである……。

すがりつく老婆を押しのけ、永均は叫んだ。

「このままでは埒があかぬ！　他の警備兵を呼ぶなとおっしゃるなら、…乳母殿、失礼ながら、それがし、姫のもとへと行かせていただきまするぞ！」

廊下をひた走り、姫の寝室の扉を叩く。

「姫！　瓏朱姫！　永均でござるっ」

許しも得ぬまま扉を開けた。不敬罪《ふけいざい》に問われ、首を飛ばされてもかまわぬ、姫にもしものことがあったら、…と、永均の頭にはそれしかなかった。

しかし——勇んで飛び込んだ永均の耳に、寝台に腰かけた姫から、予想外な声がかかったのだ。

「おお。来たか、永均」

笑いを含んだようなその声に少々気抜けしたが、——燭台の灯りに浮かび上がった姫の姿を見て、胸を刺し貫かれたかのごとき衝撃に見舞われた。

「………姫………！」

瓏朱姫は、なんと黒衣であったのだ！

黒衣は、虹霓教を信ずる国々では、虹の七色に混ざれぬ最下層の色とされる。

衆生《しゅじょう》を神の道に導かねばならぬ神官などは、あえてその色を身に着ける習わしであるという。

だが、『黒』は、死を意味する色でもあるのだ。

近年では、弔《とむら》いの死者にも淡い色合いの帷子《かたびら》を着せつけるが、以前は、死者には必ず黒《くろ》帷子《からびら》を着せたほどだ。そして、神官でもなく、死者でもない生者が『黒』を着る場合、……それは、『死を恐れぬ』という強い決意を表す。

「………姫、…な、……なにゆえ、そのようなものをお召しになられているっ⁉」

尋ねるまでもない。

死を恐れぬ、…つまり、姫の黒衣は、自死を選ぶという意味であろう。

永均は我を失い、礼さえ忘れて詰め寄った。

「皇子もお生まれになり、これからというときではござらぬか！　御身は、この修才邏の国母となられたのですぞ⁉　…お着替えくだされっ。いまなら、乳母殿とそれがししか見てはおりませぬゆえっ、」

返す刀で、断じられた。

「妾が覚悟もなしにこのようなものを着たと思うておるのか」

永均は言葉を失った。

わかってはいたのだ。

この方のお心が、いまだ凍《い》てついたままであることも。自分は、だれよりもおそばで、お護りしてきたのだから。


略奪に遭ってから、七年。

皚慈王を毛嫌いし、同衾《どうきん》を拒み続けた姫であるが……姫は、他国の花嫁を攫ってくるほどの王の恋情を、甘く見過ぎていたのだ。

いつまでも心を開かぬ姫に焦れ、憤り、皚慈王はついに最終手段を取った。

痺れ薬を使い、さらには姫を寝台に縛りつけるという、無理やりの暴挙に出たのである。

王命が下っていたため、兵士たちは、そのおぞましい行為をお止めすることもできず、乳母は扉にとりすがり、ただただ泣くばかり。

一刻ほどのち。

姫の寝室から出てきた皚慈王の手には、破瓜《はか》の血のついた敷布が握られていた。

それを打ち振り、勝ち誇ったように高笑いする王。

乳母は、悲鳴をあげ、王を突き飛ばすようにして室内に飛び込む。

その一瞬。

永均たちにも、見えてしまったのだ。

荒らされた室内。寝台に起き上がり、姫は上掛けで裸身を隠していらした。

が、……そのときでさえ、姫は涙を流していなかったのだ。

憎しみを滾《たぎ》らせた瞳で王を睨み、きつく唇を噛み締めていただけで……。

瓏朱姫は、つと、寝台脇に視線を流す。

そこには、赤子である羅剛皇子《らごうおうじ》が、すやすやと安らかな寝息をたてて眠っていた。

母の顔となり、姫は皇子を抱き上げた。

「羅剛。……我がいとし子よ」

その表情を見て、永均は安堵の息を吐いた。

過去にどのような経緯があろうとも、けっきょく姫は皇子をお産みになられたのだ。そして、これほど愛しておられるのだ。皇子のことを思い、姫も自死をお諦めくださるだろう、と。

しかし、姫は永均の心を読んだように、

「…………だがの」

ぎくりとした。

その口調の、あまりの冷たさ、とげとげしさに。

「この子を産ませたことに気を良くして、あの男はさらに子を孕《はら》ませようとしておるのだぞ？　明日、この夜が明ければ、妾は奴の居る本宮に移らされるのだ。妾はまた、あの憎むべき男に抱かれねばならぬのだ。……この子が黒髪黒瞳であったゆえ……」

言い淀む先を察し、言葉を失った。

修才邏の者は、女官さえ嫌がった姫だが、永均のことは比較的お気に召してくださったらしく、日頃からかなり素直なお気持ちを話してくださった。

……だが、ここまではっきりとしたお言葉で、本心を吐露してくださるとは……。

胸が激しく痛んだ。

姫のお苦しみを思えば、自死を選びたいというお心も、無理からぬことであると納得してしまう。

瓏朱姫は、叩きつけるように声をあげた。

「一回は耐えた。妾が死んでは、国の父母、兄弟たちが泣くと。だが、……小国といえど、妾は一国の王女であるぞ！　これ以上の辱《はずかし》めは耐えられぬ！」

永均は唇を噛む。

悔しさ、憤りは、永均も同様なのである。

この国の民でなければ、と。幾度そう思うたことだろう。

王に逆らえるものならば、命を賭《と》してでもこの牢獄から姫をお救い申し上げるのに、と。

幾度か唾を飲み。

永均は、低く言葉を吐いた。

「わかり申した。ご決心が変わらぬのなら、――それでは、それがしも、お供つかまつる」

驚いたように、姫は声を荒らげた。

「ならぬ！」

「なにゆえでござるか」

奇妙に姫は狼狽し、

「ならぬと言うたら、ならぬのじゃ！」

突然、背後にいた乳母が、声を張り上げた。

「……ですが、婆《ばば》は……この婆は、姫さまがなんとおっしゃっても、ついてまいりまするぞ！　お生まれの際よりお世話いたした、我が命より大切な姫さまじゃ。黄泉路《よみじ》とて、お一人で歩かせなどいたしませぬ！」

瓏朱姫は苦笑まじりにうなずいた。

「むろんじゃ。お婆はついてまいれ。頼る者とておらぬこの国にお婆一人を残して逝くほうが、妾は心配じゃ」

しばし、重苦しいときが流れた。

永均は寝台脇に棒立ちのまま、生きながら切り裂かれているかのごとき胸の痛みに耐えていた。

夜が明けきる前に、姫は自刃《じじん》なさるおつもりなのだ。

けっきょく、…下級兵士である自分などに、どうこうできる問題ではなかった……。

……この方は、八年経ち、お子までなしても、皚慈王を許せぬのか……。

それとも、ご婚約者であられた萋葩国王子を、いまでも想っていらっしゃるのか……。

皇子をあやしていた姫は、永均の視線に気づいたように、ふと顔を上げ、

「――これは、そなたの子なのだ、永均」

あまりにさらりとした口調であった。

永均は間の抜けた尋ね返しをしてしまった。

「…………は…………？」

意味がまったく呑み込めぬ。

瓏朱姫と永均は、一国の姫と、お仕えする下級兵士だ。幾年おそば近くで護ろうとも、肌を重ねるどころか、指先ですら触れてはいない。永均の子であろうはずがない。

すると瓏朱姫は、うっすらと笑み、

「知らぬのか？　女は、想いだけで子をなせるのだ。…なるほど、血と肉の親は、あの憎らしい皚慈であろうが――この子のまことの父は、そなたじゃ」

狼狽し、我知らず首を振っていた。

隠し通してきたはずの恋である。

いや、…考えてみれば、最初から隠せるはずなどなかった。

このお方に恋をせぬ男などおらぬのだ。

王命を受け、宮を護っている兵士たち、国の重臣たち、…姫と出逢った者すべてが、姫の味方であり、崇拝者であった。姫をお救いしたい者たちが、皚慈王の暗殺計画を練っていると、そのような噂までささやかれているほどだ。

永均のさまを見て、姫は愉快そうに笑った。

「なあ、お婆。こやつはほんに、武骨者であるな！　これだけの年月そばにおって、妾の気持ちにまったく気づいておらぬとはのう！」

「……姫！」

心底困惑し、乳母へと視線をやる。

死を覚悟したお二方は、妙に明るく笑い合う。

「まことと武骨者じゃ。武骨者で見目は悪いが、…姫さまのご慧眼《けいがん》、お見事でございまするな。心は天晴《あっぱ》れな漢じゃ。この婆も、これまでの忠義をしっかと見ておりますでな。信ずるに足る立派な男じゃ」

そう誉められても、狼狽は強まるばかり。

……姫が……？

この、自分などを、想うてくださっていたというのか……？

姫は人を謀《たばか》るようなお方ではない。ましてや死の間際、永均などをおからかいになるわけがない。

膝の力が抜けた。

永均は頽れるように床に跪《ひざまず》いていた。

「ならば！　それが真実でござるなら……どのようなことをしても、お逃がせいたす！　この宮から逃げて、それがしと…」

強い、王女の一喝が降ってきた。

「それ以上申すなっ。ならぬと言うたであろう！　――妾に、これ以上罪を重ねさせるつもりか！　二夫にまみえずという神の教えを、妾はすでに破っておるのだ。いくらそなたの言葉でも、今生《こんじょう》は、従うわけにはゆかぬ！」

恥知らずな言を陳べてしまった。

忸怩《じくじ》たる想いで、永均はうなだれる。

瓏朱姫は、静かな声で語った。

「妾が死ねば、あの狂った男は、おまえを始め、妾に関わった警備の者たちを、すべて処罰するであろう。不本意な地位にまで落とすやもしれぬ。――それでも、生きよ。生きて、必ずや、皚慈を斃《たお》せ。そして、この子を修才邏の王とするのだ。――あの卑劣で無能な皚慈に、神国修才邏を、これ以上蹂躙させるな！」

そのお言葉は、……自分一人ではなく、修才邏の民すべてにかけていただきたかった。

じつは、姫を攫ってくる前から、皚慈の無能ぶりは世に知れ渡っていたのである。

なまじ前王が聡明な名君であったため、よけいに碌碌《ろくろく》たるさまが目につくのであろうが、

…いまは、姫のこともあり、国中ほとんどの者が、皚慈王を退けたいと願っているらしい。

永均は溢れそうになる涙を必死でこらえた。

姫のお気持ちは理解できても、…心が、拒絶するのだ。お逃がしできぬのなら、せめて供に黄泉路を歩みたいと、…そう願ってしまうのだ。

ふいに。

空気を切るような気配がした。

驚いて見上げると、瓏朱姫が小刀を振りおろしていた。

頬に鋭い痛みが走る。

「……姫っ、…なにを……っ?」

唇の端を上げ、姫はかすかに笑った。

「妾は、この血、一滴だけ貰《もら》っていく」

小刀の先を、舌先で舐《な》める。

「生きて、生き抜き、…そなたが、この世での役目をすべて終えたとき、虹霓神《こうげいしん》の御許《みもと》で、ふたたび相まみえよう。そのときは、——そなたが、妾を攫え。そなたにになら、妾は、喜

んで攫われてやろう」

耐えられなくなり、永均は男泣きに噎《むせ》んだ。

聞いたことがある。互いの血を混ぜ合わせるのは、姫の故国での、誓いの儀式。自分の血のついた小刀で、自死してくださるというのか。皚慈王でもなく、萋葩の王子でもなく、ただの下級兵士でしかない自分などと、姫は夫婦の誓いを立ててくださるというのか。

「…………姫…………」

瓏朱姫は小刀を手にしたまま、視線を腕のなかの羅剛皇子に向け、ふたたび母の顔と
なった。

「いとし子よ。……そなたを置いて逝く母を許せ」

皇子に頬ずりし、ちいさく語りかける。

「そなたを、このような黒髪黒瞳に生んでしまったが、……だが、けして恥じるでないぞ
…？　これは、母の、たった一度の恋の形見じゃ。そなたの、まことの『父』の、髪と目
の色じゃ」

胸を衝《つ》かれた。

たしかに、永均の髪と目は黒いのである。

姫は切々と皇子に語りつづける。

まもなく今生《こんじょう》の別れとなる息子に、想いの丈、すべてを告げていこうとするかのように。

「母は……先に逝くが、……天帝に直訴しておくからの？　そなたの治める世が栄えるよう、…そなたが民から慕われるよう、…そして、そなたが人を愛したならば、その者が、心よりそなたを愛してくれるよう……」

瓏朱姫の言葉はつづいていたが、もう永均の耳には入ってこなかった。

泣く間などない。

自分には使命ができた。

暟慈王を斃し、王位を『羅剛皇子』へ。

この気高き姫の最期の願いを、自分はただお叶えするだけだ。そのために命をかけて尽くすだけだ。

……いとしき姫よ。

今生では、その指先にさえ触れられぬ、高貴なお方よ。

……命を終え、ふたたび天界で相まみえたときにこそ、…この想いを、お伝えいたしましょうぞ。

「それまで、どうかお待ちくだされ。――しばしのお別れでござる。瓏朱姫」
つぶやく声は、姫の耳に入ったか、入らなかったか。

だが、どちらでもよいのだ。
それはおのれのための言葉。
これから先、姫のいない世を生き抜き、羅剛皇子を『修才邏王』として立てるための、
――おのれを鼓舞《こぶ》する、言葉なのだから……。

永均と瓏朱姫・二話目

「――――では」

瓏朱《ろうしゅ》姫は、寝台脇にすっくと立ち、凪いだ口調で言った。

「これで別れじゃ、永均《えいきん》」

臈《ろう》たけた顔に、神々しいまでの笑みを浮かべ、ひとことひとこと、区切るように、

「わらわは、一足先に、天帝の御許へ、参る」

床に片膝ついていた永均は、言葉もなくこうべを垂れた。

洩れてしまいそうになる嗚咽を、太ももに爪を立てることによって必死にこらえる。

……姫……。

我がいとしの瓏朱姫。

命捧げ、お仕えした、麗しき姫よ……。

姫のご決心は変わらぬ。自分は、ただお見送りするしかない。そう覚悟は決めていたつもりであったが、…いざとなると、悔しさで身が震える。

いまさら言うてもせんないことではあるが、それでも思うてしまうのだ。

自死を選ぶのならば、なにゆえ『皚慈王《がいじおう》を斃《たお》せ』とお命じ下さらぬのか、と。

……ひとことご下命くだされば、我ら兵士一同、即座に決起いたしましたものを…！

修才邏《いざいら》兵ばかりではない。他国の兵であっても、姫のお言葉があれば、かならずや立ってくれたはず。

皚慈王がしたことは、神意に背く行いなのだ。

他国の王子妃を奪うなどという、神をも畏れぬばちあたりな行為を、虹霓教《こうげいきょう》を信ずる国の王たちが、黙って見過ごすわけはない。

であるのに、なにゆえ、罪を犯した皚慈王ではなく、被害者である瓏朱姫のほうが、あたら若い命を散らせねばならぬのだ…！

「顔を上げよ」

だが、姫の声は静かであった。

牢獄のような宮に幽閉されて、八年。

姫が皚慈王打倒を思わなかったわけはない。それでも姫は、お命じにならなかった。

「…………御意」

見上げた目に映るのは、――炎よりも赤い髪、森よりも緑の瞳。燭台の灯りに浮かび上がる、女神のごとき神々しいお姿。

「この子を頼むぞ」

驚くことに姫は、腕にいだいていた皇子を永均に差し出したのである。

平民のごとき黒髪黒瞳の羅剛《らごう》皇子を、皚慈王はたいへん疎まれ、第一皇子であるにもかかわらず、ほとんどお顔を見ることさえしなかった。

しかし、皇子は間違いなく皚慈王と瓏朱姫のお子、この修才邏の王位継承権第一位のお方である。いくら姫の護衛兵といえども、下級兵士の自分などが触れてもよいものかと、一瞬躊躇したが、――旅立たれる姫のお言葉である。従わぬわけにはいかぬ。

「は!」

一礼し、恭《うやうや》しくお受けする。

だが。初めて皇子を胸にいだき、そのあまりの小ささ、軽さに、こらえようもなく涙が零れてきた。

「………皇子………」

このようにお小さい、いとけないお方を残してこの世を去らねばならぬ姫の、お心の苦しみはいかばかりか。

嗚咽に噎ぶ永均に、姫は淡々と声をかける。

「そなたは父として、その子を護ってくれ」

お応えせねばならぬことはわかっていたが、…どうしてもうなずくことはできなかった。

……まさか、姫とこのようなお別れをせねばならぬ日が来ようとは……。

幽閉されていても、瓏朱姫はつねに気高く、麗しかった。

宮の外に出ることは禁じられていたため、無聊《ぶりょう》の日々を、多くの書を読むことで慰めておられた。

永均たちは毎日、食事よりも書物を運び込む回数のほうが多かったくらいである。

泓絢《おうけん》国王女としてお生まれになった姫は、ご幼少のみぎりからひじょうに利発であられたそうだが、八年の幽閉生活でよりいっそう博学になられた。

そのうえ物事に対する洞察力も鋭く、修才邏の国事にも数々ご進言くださった。

皚慈王は不思議なことに、兵士や大臣たちが姫の宮を訪《おとな》うことはとくに禁ぜず、――そのことについては姫も、『奴は臣下など男とも、いや、人とも思うておらぬのだ。この世で人は、おのれのみ。そなたらは動物であるから、妾に近づけても構わぬのだろうよ』と笑っておられたが、――それは臣下にとってはたいへん有りがたいことで、宰相などは、国事の相談をするため、連日のように姫の宮へと通ってきていた。

なにしろ皚慈王というのは歴史上まれにみるほどの愚王であったので、宰相としても王に期待はしていなかったとみえる。

姫はつねづねおっしゃっていた。

『妾が憎むのは、皚慈のみじゃ。修才邏自体は、素晴らしき国であると、以前から思うていた。発展のために尽くすことはやぶさかではないぞ』

そのお言葉どおり、姫は宰相に、たいへん的を射たご指示を出されていたという。

八年間、――神に背くご婚姻ではあったが、王宮の者にとって、…いや、修才邏の民にとって、瓏朱姫は、間違いなく『国母』であられたのだ。

忸怩たる想いで、胸が焼かれる。

……これほどご立派なお方が、……なにゆえ、二十三などで自死を選ばねばならぬのだ……！

口惜しいなどと、ひとことでは言い表せぬほど、口惜しい。

本音を言えば、……皚慈王と想い合っていただきたかった。

この方を永遠に失うことに比べたら、おのれの恋など、どうでもよかった。

初めから叶うべくもない恋であったのだ。お傍でお護りできるだけで、自分は幸せであったのに……。

荒れ狂う永均の想いとは裏腹に、姫は穏やかにお言葉をつづける。

「もうよい。妾は思い残すことなどない。そなたはその子を連れ、即刻この宮を離れるのじゃ」

ぎくりとした。

「……なにゆえ……っ」

「そなただけではない。衛兵らすべてに命ぜよ。もう警備はよい。夜陰《やいん》に乗じて、城を出よ。そうせねば、そなたら、警備兵でありながら妾をみすみす死なせたと、皚慈に咎めを受けるであろうからの」

「姫っ！」

瓏朱姫は薄く笑い、

「案ずることはない。愷慈に尋ねられたら、瓏朱が夜中に癇癪《かんしゃく》を起して警備を解かれた、とでも言え。奴も、妾の気まぐれには慣れておろう。疑いはせぬよ。…この夜が明けたら、本宮へ移り住まわせるのだと、ひどく浮かれておったからのう。――だが、奴の思惑通りにはいかぬ。明日の朝には、妾は骸《むくろ》じゃ」

年若い姫がおっしゃるには、あまりに哀しい言葉であった。

そのようなお言葉を残して、この方は、年老いた乳母だけを道連れに、黄泉路を行くおつもりなのか。

泓絢の王女としてお生まれになった気高き姫君が、…だれにも看取られず、この牢獄のような宮で……。

こらえきれず、声を荒らげていた。

「……姫！　それだけはお赦しくだされっ。それがし、お供できぬのならば、せめて、宮の外で…」

「ならぬ」

威厳のある物言いで、断じられた。

「そなたら、ひとりの首も、落とさせはせぬ。咎めなど受けさせはせぬ。罪は、妾ひとりが負う。そなたらは、生きるのじゃ」

身が震える。

この方のお言葉の、なんたる強さ、神々しさ。

それに反して、神国修才邏の王でありながら、皚慈王の言動の、なんと情けなく卑《いや》しいことか。

姫は語調を緩め、

「そなたらは、まこと良い兵であった。——礼を言う。皚慈へのあてつけのため、そなたらにもきつくあたったが、…みなに謝っておいてくれ。瓏朱が心より感謝していたと」

それまで部屋の隅に控え、言葉を差し挟まなかった乳母が、同調するように言う。

「さようでございますな。この幽閉生活で、そなたらの振る舞いには、まこと感心いたしましたぞ。姫さまは、皚慈の贈ってくる山ほどの高価な宝飾品より、そなたらが日々摘《つ》んでくる野の花にこそ、心慰められておいでじゃった」

顔に朱《しゅ》が走る。

気づいていてくださったのか。

自分たちには、それくらいしかできなかったのだ。

貧しい兵士たちは、麗しき異国の姫に贈れる物など、なにも持ち合わせておらぬ。道で咲いている花を摘み、こっそりと宮の隅に置いておくくらいしか、想いを捧げるすべがなかった。

「しかし、この国には多くの花が咲くのだな。泓絢より暖かい国であるからの。……妾も外に出て、一度でよいから、この目で直《じか》に眺めてみたかったのう」

しみじみと語る姫の言葉が、胸に突き刺さった。

永均は唇を噛み締める。

……なんとむごいことをなさったのだ、王は！

美しく生まれたことが、この方の罪か…？

十五で攫われ、乙女として輝ける時期を牢獄で暮らし、…それでいてなお他者を思いやり、心清らかに生きた、この素晴らしきお方を、おのれの欲望のために辱めた。

その暴挙がなにゆえ神の怒りに触れぬのだ？　なにゆえ、この方をお救いくださらぬ？

そして、あの卑劣で愚鈍な男を王として戴かねばならぬ、我ら修才邏国民を、神はなにゆえ憐れんではくださらぬのか⁉

しかし姫は、永均に言うのだ。

「よい。泣くな、永均。妾はやるべきことはやった。そのうえ、そなたとも出逢えた。……妾は、天帝に感謝しておる。あのまま萋葩《さいは》に嫁いでおったら、そなたにも巡り逢えなかったのだからな」

見上げると、姫は少々はにかむように微笑み、

「萋葩の王子とは、…幼馴染みではあったが、互いに恋ではなかったのだ。妾はここに来るまで、恋というものを知らなんだ」

涙は滂沱として頬を流れた。

噛み切るほど食い縛っても、唇から嗚咽が洩れる。

このような自分などを、……この気高き姫は、想うていてくださったと言う。

それは、喜びよりも、強烈な痛みとして、永均の胸を掻き毟った。

お助けしたかった。

この身を犠牲にしても。この牢獄から、お救いして差し上げたかった。

しかし——そこでふと乳母が思いついたように、

「姫さま。夜が明けるまでには、まだお時間がございましょう。今後のことを、少々宰相に言づていたしたほうが、よろしいのでは？」


永均は、身体をぶつけるようにして、仲間の部屋の戸を叩いた。

「……ああ？　なにごとだ……？」

寝ぼけまなこで扉を開けた兵士は、永均が腕にいだいている方を見るなり、

「羅剛、皇子ではないかっ？　…いったいどうしたのだっ⁉　お具合でも悪いのかっ？」

なにから語ればよいのか。

口を開いたら、嗚咽が洩れてしまいそうだ。

が、とにかく姫のご意志を伝えねばならぬ。

永均は懸命に言葉を吐いた。

「……いや、皇子はお休みになられているだけだ。…それより姫が、宰相をお呼びだ。王にはけして気取《けど》られぬよう、即座に宰相をお呼びしてくれ……」

多くを語らずとも、その伝言だけで宰相は事の重大さを察したようで、飛ぶようにやって来た。

宰相が宮に入っている間、永均は衛兵たちを集め、だいたいのあらましを語った。どの者も、無言であった。

むろん、言葉など出るわけがないのだ。

永均同様、兵たちすべてが瓏朱姫をお慕い申し上げていた。姫のお苦しみも、屈辱も、長年見つづけてきた。その姫が自死を選ばれたのだ。お止めすることなどできようはずもない。

一刻も経たぬうちに、宰相は姫の宮から出てきた。

月明かりでも見てとれるほど、顔面蒼白《そうはく》であった。

「宰相！」

声をひそめ、兵たちは宰相を取り囲んだ。

「姫は、…なんと……？」

もしや宰相なら、姫をお止めするすべを考えつけたやもしれぬと、わずかな期待を持って尋ねたのだが、……宰相は唇を震わせ、首を横に振ったのみ。

「……皇子のあとを頼む、…と、…修才邏の未来を天帝の御許で見守っていると、……そして、我々に感謝の言葉を述べてくださった……」

震える声で詰まり詰まり、そう言い、宰相は天を仰ぎ、しばし涙した。

絶望の想いに、みな声もなかった。

それでは、もうあきらめるしかないのか。姫のご決心を受け入れるしか、我らには道がないのか。

宰相は流れる涙を拭うこともせず、独語するようにつぶやいた。

「瓏朱姫は、……たぶん、羅剛皇子の御《おん》ために、身をお捧げになられるのだ。次に、黒髪黒瞳ではない皇子か姫がお生まれになったら、……羅剛皇子は、王位に即《つ》けぬ……」

はっとした。

なぜそのことに思い至らなかったのか。

考えてみれば、あのお強い姫が、愛する皇子を置いて、天帝のもとへ旅立つわけがないではないか。なにがあっても生き抜いて、皇子を守るはずだ。

だが、…宰相の解釈なら、それは納得できる。

修才邏王家では、歴史上『黒髪黒瞳の王』など誕生してはおらぬのだ。次のお子が、虹とはいわぬ、わずかでも色のある髪瞳であったなら、…王位はその方が継ぐことになる。

黒髪黒瞳の王は歴史上いなかったが、女王の御代は幾度もあったからだ。

　血気盛んな兵が、声を荒らげた。

「しかし！　皇子は皚慈王の面ざしを継いでいらっしゃる、国の第一皇子ではないか！」

「我ら国民が一致団結して羅剛皇子を推せば、王も折れるしかなかろう！」

　宰相は、苦渋の面持ちで、

「……無理であろう。現にいまでも羅剛皇子は、皇子としての扱いを受けてはおられぬ。王は、ご存在すら無視している」

「ならば！　我ら、皚慈王を斃す！　そして、羅剛皇子を王位にお即けする！」

「そうだ！　それならば、瓏朱姫はご自害なさらなくてすむのであろうっ？」

　いや、…と宰相は再度首を振った。

「むろん、わたしもそれは考えた。だがいま皚慈王を弑《しい》すれば、王弟の周慈《しゅうじ》殿下が玉座に着く。羅剛皇子は、まだ赤子であられるのだ……」

　悔し泣きの声が、兵たちからあがった。

　永均も、流れる涙を止めることができなかった。

　あの得がたいお方を、我らはみすみす死なせねばならぬのか……。いまこうしているすぐそばの宮で、姫は自刃なさっているというのに……。

「みな立て。立って、宮を離れるのだ」

それでも、永均は言葉を吐いた。

姫のお心をいただいた者として、こうして皇子を託された者として、姫のご遺志を伝えねばならぬ。

「姫は、……だれの首も刎ねさせはせぬとおっしゃった。我らは、………知らぬふりをせねばならぬのだ。我らの預かり知らぬところで姫がご自害なさったと、……そう芝居をせねばならぬのだ」

宰相があとをついでくれた。

「そのとおりだ。瓏朱姫と乳母殿は、修才邏のために、尊い身をお捧げになられる。——皚慈王の御代がつづけば、早晩国が滅びる。しかし、お気の弱い周慈殿下では、国を守れぬ。…他国の勢いは凄まじいのだ。神国の名にあぐらをかいていた修才邏は、いまや弱小国だ。——ゆえに我らは、なんとしても羅剛皇子を立派にお育てし、強い王になっていただかねば」

「……しかし、皚慈王が、お許しに……」

先を制し、宰相はつづけた。

「むろん、皚慈王に気取られてはならぬ。我らは表立って皇子のお味方になることはできぬ。——それでも、やらねばならぬのだ。そして、めでたく皇子が強く、逞しくご成長くださったあかつきには………」

それから先は、言わずともわかった。

……そのときこそ、決起だ。

晴れて我らは、瓏朱姫の忘れがたみ、羅剛皇子を、王として戴くのだ。

みな、想いはおなじであった。

その日のために、我らは耐えねばならぬ。耐えて、やり遂げねばならぬ。

ふらふらとではあるが、ひとり、またひとりと立ちあがっていた。

「立て。姫のお心を無にしてはならぬ」

修才邏の行く末を案じてくださる広い御心、そして、皇子を想うせつない母の愛を、我らが踏みにじってはいけないのだ。

唇を噛み締め、兵たちは歩き始めた。


だが……残る想いで、みなが幾度も振り返ってしまう。

だれかが天を仰ぎ、呆《ほう》けたようにつぶやく。

「……夜が明ける……」

和するように、痛嘆の声が響く。

ああ。夜が明けてしまう。

我らのお仕えした麗しき姫の魂が、天に昇っていってしまう。
それは、だれの言葉であったのか。
「瓏朱姫に、……いや、我らが修才邏王国、王妃殿下に敬礼っ！」
全員が直立不動で従っていた。
みながおなじ幻を見ていたのであろう。
夜明けの空を仰ぎ、天に昇る姫と乳母殿に敬礼を捧げていた。
いま自分たちにできるのは、ただ祈ることだけだ。

天帝よ。

気高く麗しきかの人の魂を、守りたまえ。

そして、かの人が案じてくださったこの国の未来に、光を与えたまえ——と。

序章

「………妃……だと…？」

羅剛《らごう》王は、思わず唸り声をあげていた。

いま耳にした言葉が信じられぬ。

「俺が、…冴紗《さしゃ》以外を抱けると、…貴様ら、本気で思うておるのか…？」

ぐるりと会議の席を睨み回すと、宰相をはじめ、重臣たちは、身をすくませて視線をそらす。

羅剛は一喝した。

「ふざけるなっ！　どこの国の美姫であろうが、俺は娶らぬと、さんざん言うたであろうがっ！　そのような戯言《ざれごと》ほざく暇があるなら、早う冴紗を大神殿から連れ戻せ！」

おどおどと宰相が反論してきた。

「……で、ですが、王、……崢嶮《そうけん》の美優良《みゆら》王女さまのお輿入《こしい》れ日時も、すでに決定でございますので…」

「だれが決定したたっ⁉　俺本人になんの断りもなしに、――言うてみよ、即刻、その首たたっ斬ってやる！」

困り申したの……。永均《えいきん》殿は…？　いえ、本日は……などという怯えた小声のささやきを聞き、羅剛の怒りは頂点に達した。

「おのれの首が大事で、なにもかも永均頼みか！　あやつにしゃべらせねば、貴様ら、俺が怖くてろくに口もきけんのか！　――は！　俺もよくよく良い臣を持ったものよの！」

「……王よ。…お、お静まりくださいませ。私どもはこの修才邏《いざいら》王国を憂えまして、御身にお妃さまを……」

「冴紗以外いらぬと！　俺は幾度も公言しておろうが！」

吠える羅剛に、冷汗すらかきながら宰相は、

「さ、冴紗さまは、男の方でございまする」

「だからどうしたっ⁉」

すくみあがっていた他の臣たちも、わずかに言い返してきた。

「……たしかに、…あれほどお美しく気高きお方、女性でもいらっしゃいませぬ。ご執心なさるお気持ちもわかりますが……」

「ですが王、御身は国の宝であり要《かなめ》。お世継《よつぎ》を望むのは、我ら臣下としては当然のことでございまする」

羅剛は席を蹴った。

「話にならぬ！」

会議の間を出ようと大股で扉まで歩む羅剛を、臣たちはすがりつくように止める。

「お聞きくださいませ！　冴紗さまのことは、もうおあきらめくださいませ！　あの方は、すでに神のもの。いずれは聖虹使《せいこうし》におなりあそばすお方です！」

振り返り、吐き捨てた。

「ならせるか、そのようなもの！　俺は許可せん！　けっしてな！」

はらわたが煮えくりかえるようである。

……俺は、国の玩弄物《がんろうぶつ》ではないわ！

心があるのだ。人としての。

回廊を進みながら、怒鳴る。

「王の責務なら、いままでも立派に果たしてきたであろうが！　これ以上、俺にいったいなにを望む⁉」

父王崩御ののち、十三で王になり、他の国を力と知恵で圧《あっ》してきた。

自分はつねに勝ってきた。どれほど不利な戦況であっても。

心中にて、つぶやく。

……冴紗……。おまえは、なにゆえ帰ってこぬのだ……。

幾度も、幾度も、数さえ記憶にないほど、帰ってこいと手紙を書いた。ときには怒り、ときには哀願しながら、帰ってきてくれと、花の宮でふたたびともに暮らそうと。

大神殿の最長老にも、宰相たちにも、恥すら忘れて願った。冴紗を返してくれと。返してくれるならば、王位もいらぬ。貴様らの望むとおりのことをしてやろう。だから、頼むから、返してほしいと。

が、どの者の返事もおなじ。

冴紗さまのことはお忘れくださいい、だ。

瞼《まぶた》を閉じれば、浮かんでくる。

いつも冴紗は、夕刻になると、早々に花の宮の前で待っていた。

羅剛を認めると、花よりも麗しくほほえみ、おかえりなさいませ、本日のご政務お疲れさまでございました、…と、腰を折る。

光を弾く、虹の髪の美しさ。

さらさらと。極上の楽の音より清らかな、髪の流れる音。

羅剛さま、と自分を呼ぶ、あの澄んだ甘やかな声。

なにもかもが、煌めく夢幻《むげん》のようだ。

「……冴紗…。俺は、…苦しいぞ」

呻き、思い出の甘苦しさにたえかね、廊下の壁を殴る。

ときが戻せるのならば、いま一度あの日に立ち還り、冴紗を大神殿などにやらず、手元に置いておくものを。このようなことになるならば、泣いても嫌がっても、花の宮に閉じこめておいたものを。

だが、……あのとき、ほかにどういう手があったというのだ?

荒《あら》ぶる黒獣と恐れられていても、あのときの羅剛はしょせん十八の子供であった。ただ、冴紗を無事な場所へと、…それよりほかに考えられなかった。

「おまえはなにもわかっておらんのだ。近隣諸国は、いまでもおまえを欲しがってつぎつぎ戦を仕掛けてくるのだぞ！　まわりの男どもも、おまえを欲望に満ちたまなざしで見ておるではないか！」

苦く、羅剛は独語する。

「……ほんに、…なにもわかってはおらぬ……。俺が、…おまえの身を、どれほど案じているかも……」

あれから四年が経つ。

このごろになり、ようやく自分が謀《たばか》られていたのではないかと思うようになった。

大神殿の長老たちは、なにゆえ冴紗を返してこぬのか。自分が戦から帰るまで一時預けただけのはず、…であるのに、なぜ冴紗は『聖虹使』の仮面などつけさせられているのか。儀式もすんでおらぬのに、民の謁見《えっけん》などさせられているのか。

いつのまにか、すべてが狂っていた。

王であるはずの自分の知らぬところで、人々が策を弄している。冴紗と自分を引き離そうと、躍起になっている。

羅剛は自嘲で低く嗤う。

……そのようなことは、最初から承知のことだがの。

いま、自分は二十三。そして冴紗は十九。

「小狡《こずる》いじじいどもが束になってかかれば、…たしかに、簡単に騙されような。俺たちは、やつらから見れば、十分幼なかろう」

政《まつりごと》と宗教は交わってはならぬなどと堅苦しい決まりごとを並べ、羅剛が大神殿にむかうことすら禁じる。しかたなしに、あれこれと理由をつけ、冴紗を呼びつけねばならぬ。

が。やつらにもどうしようもないことが、ひとつだけあった。

この胸の、想いである。

この灼熱《しゃくねつ》の炎を、いったいだれが消すことなどできようか。

天にむかい、恫喝する。

「できるものなら、やってみせよ！」

本人も苦しゅうてたまらぬ。

恋に焼かれ、冴紗の面影を追い求め、夜ごとのたうちまわらねばならぬ。

そして近ごろは、さらなるおぞましい妄想が羅剛を苦しめていた。

冴紗が、神官たちに、よってたかって慰みものにされているという……。

「……いや、あそこにはじじいしか居らぬはずだ！」

自分を言いくるめるため、必死に声を出す。

じじいどもに念を押した。冴紗に懸想《けそう》するような若い神官は一人も居るまいな？　そうでなければ、一晩でも泊まらせるわけにはいかぬ、神官といえども男であるからな！　と。

しかし、仮面ごしでもわかるのだ。

逢うたびに冴紗は美しさを増している。

やはり徒人《ただびと》とは違うのか、虹の髪は見る間に伸び、いまは地につきそうなほど。

神に仕える神官であっても、年寄りであっても、あの清艶な色香に狂わぬわけがない。

幻の冴紗に、羅剛は語りかけていた。

「……冴紗、おまえはなにを考えておる」

俺に逢いとうはないのか。

俺がこれほど焦がれているというに、…おまえはわずかでも、俺のことを想うてはくれぬのか。

冷たい、虹の御子よ。

「それとも、わざと冷たいそぶりを見せ、俺の狼狽をあざ笑っておるのか…？」

頼む、おまえに恋焦がれて狂い死ぬ前に、いま一度、仮面の下の素顔を見せてくれ。俺の腕のなかに戻ってきてくれ。

だれがなんと言おうと、あのとき『虹』ではなく『銀』の禁色《きんじき》を与えていれば。

だれはばかることなく、冴紗を手元に置いておけたであろうに。

ふたたび唸るように毒づく。

「……妃だと……」

羅剛はいまだ、だれとも肌を合わせてはおらぬ。

なるほど一国の王は妾妃《しょうひ》を持てぬ決まりであるが、…そこはそれ、抜け道とゆうが用意されていたのだ。相手に精を与えぬ交わりならばよしと、まだ父王が存命のころより教えられていた。そのため、おのれに被せる薄い精受けも、渡されてはいた。

だが羅剛は、冴紗以外に欲情したことなどなかった。

言い変えれば、冴紗に対する欲望が、あまりにも強烈なのだ。

……俺の『銀の月』は、冴紗ひとりだ！

ほかの人間と肌を合わせるなど、考えただけで虫酸《むしず》が走る。生涯をともにするなど、思うだけでも反吐《へど》が出る。


羅剛は大声で呼ばわった。

「永均！　だれぞ、永均騎士団長を呼べ！」

ほどなく駆けつけた永均に、命じる。

「即刻大神殿に行け！　冴紗を連れてこい！」

片膝をついた強面《こわもて》の騎士団長は、錆声《さびごえ》で問い返す。

「――畏れながら王よ、御用のむき、お聞かせ願いたい」

「うるさい！　理由など適当に言い繕え！　どうせみなわかっておろうに！」

ただ、冴紗に逢いたいのだ。

逢いたくて、逢いたくて、狂い死にしそうなのだ。

ほかの理由など、――なにひとつ、ない。

花の宮の女官・こぼれ話

「あら、どうしたの？」

本宮のほうへ届け物をしに行った新入り女官が、なにやら眉を顰めて戻ってきた。

「……女官長さま。あちら、大騒ぎでございます。なぜだかまた羅剛《らごう》王さまが、ひどい癇癪を起こしてらっしゃるそうで……」

女官長は声をあげて笑った。

「あらあら、そうなの？　さぞかし皆さまお困りでしょう。職務も滞ってしまっているのではないかしら？」

彼女は『花の宮』が造られたときから勤務している古株だ。

そういう意味で言えば、『花の宮』の女官たちは、古株ばかりだと言っても過言ではなかった。

……この子が久しぶりの新入りだものねぇ。

羅剛王は、冴紗《さしゃ》さまを熱愛していて、『冴紗を知っている女官以外はいらぬ！』と、頑なに新女官を拒否していたのだが、…この子はじつは、冴紗さまと同じ村の出身なのである。だが本人はなぜこの宮に配属されたのかまったくわかっていない様子であった。

事情を知らぬ若い女官は、不安げに、

「笑いごとではなさそうですよ？　皆さま、恐ろしくて王のお傍に寄れぬと声をひそめて話してましたもの。怒らせたら首が飛ぶ、と」

女官長はふたたび声をあげて笑った。

「しかたありませんわねぇ。近ごろは虹虫の休眠期ですもの。『銀のお衣装』も『髪飾り』も、…ああ、そういえば数週間なにも出来上がってきてはいなかったはず。…それでは王が癇癪を起こされるのも無理はないわ」

若い女官は首をかしげている。

「……え？　どういうことですか……？　虹虫が休眠していると、…なぜ王さまが癇癪を起されるんですか……？」

「ええ、いいの。すぐにわかるようになるわ。…あなたは、花の宮のほかの女官たちを集めてきて。…ああ、『花の宮の女官』だけよ？」

怪訝そうな顔のまま、新入り女官は「かしこまりました」と頭を下げた。


女官たちは即座に集合した。

そもそも花の宮ではいまのところ仕事などろくにないのだ。

花を育て、掃除をする程度。『主人』である冴紗さまが大神殿に行かれてから、ずっと五年近くそんな状態だ。

「そろそろだと思ってましたわ」

「あたしたちの出番ですわね！」

古株仲間の女官たちは、やはり女官長と同様、くすくす笑いである。

「重臣ども、本当に鈍感なんですから」

「王のお気を静めたいなら、方法はひとつしかございませんのに。ねぇ？」

笑いさざめく仲間たちに、ぱんぱん、と手を打ち、押さえ、

「さあ、——今回はどういたしましょう？　皆さん、よいお考えはあります？」


ふたたび本宮に使いに行かされた新入り女官は、半泣きで『羅剛王』を連れてきた。

王は、ぶすっとした仏頂面《ぶっちょうづら》で問う。

「俺に用とは、なんだ」

おやおや、本当に切れる寸前だわ、と女官長は、笑いをこらえつつ、

「ええ。その子が、冴紗さまのお好きでした花器を割ってしまいまして」

ぎょっとしたように新入りは、

「わ、私っ、そんなことっ……」

いいのいいの、あなたは黙ってらっしゃい、と目で押さえ、つづきを王に振る。

「申し訳ないことですわ。王さまも、さぞやお怒りのことでしょう…？　冴紗さまに謝らなければいけませんわね…？」

王の顔には早々に変化が表れた。

いらだちの表情から、喜びの表情に。

「……そう、…だな、それは……ああ、むろん、冴紗に謝らねばならぬの。一刻も早く。冴紗の好きだった花器を割ってしまったのなら」

古女官たちの、吹き出しそうになっている気配が背後から感じられたので、ほらほらあなたたち、笑っちゃ駄目よ？　お芝居の途中なんだから、と後ろ手で窘め、

「宮の新しい娘が、まことに失礼なことを、――ああ、そういえばおまえ、故郷の両親がなにか送ってきたと言っていたわね。あれをお詫びに差し上げなさい」

新入りは飛び上がらんばかりに驚き、

「そんな！　田舎の貧相な果物ですよっ!?　あたしだって飽き飽きしてて、もう捨ててしまおうとしていたのに！　……あんなもの、とても高貴な方に差し上げられません！」

「いいの、いいの。それでかまわないから、持っていらっしゃい」

「でも……」

「いいのよ。言うとおりになさい」

自室から果物を持ってきた新入りは、本気で涙ぐみ、がたがたと震えながら王に差し出した。首をすくめているから、斬り殺されると怯えているのかもしれない。

王は即座に受け取り、女官長に尋ねたのである。

はにかむ少年のような面持ちで。

「…………笑《え》んで…………くれるかの……?」

しっかりとうなずき、応えて差し上げた。

「ええ。お喜びになってくださいましょう。この庭のものではなく、ほんとうの故郷のものですもの。きっと懐かしく思ってくださいますわ」

王は苦笑ぎみに言った。

「そうか。……まこと、…重臣どもよりおまえたちのほうが、よほど政《まつりごと》には向いておるようだの」

女官長は微笑み、

「ご存じないのでございますか?　世は昔から女が回しているのでございますよ?」

せつない瞳で、王は独語するように言う。

「では………回してくれ。俺のために」

「いいえ。お二方のため、でございますよ」

羅剛王は唇を噛み、顔をそらした。

「…………だと、よいのだがの」

女官長は、はっきりと言い切った。

「ええ。お二方のためですとも。そもそもわたくしどもは、冴紗さまの御ためでなければ動きませんわ」

ふん、と王は鼻で嗤うような声を出したが、視線はそらしたままであった。

王が退去したあと、若い女官は半泣きで、

「どうしてあんなことをっ、……あ、あたし、馘《くび》になってしまいます！　殺されてしまいますっ！」

女官たち全員が声をあげて笑った。

「ごめんなさいね。なにも説明せずにあなたをだしに使ったことは申し訳ないけれど、…でも、馘になんてなりませんよ。反対に、王から素晴らしいご褒美が届きますよ」

「………は……？　なぜ、ですか…？　あんなみすぼらしい果物を渡しただけなのに……？」

「すぐわかりますよ」

ぱんぱん、と手を打ち、女官長は言った。

「皆さん、そんなことより、お掃除ですよ」

ええ、そうですわね。終わったら今日はなにをして遊びましょうかしら、などと、女官たちはふたたび笑いさざめきながら散っていく。

新入りだけが困惑の表情で固まっている。

「女官長さまっ、…あたし、よくわかりません！」

「なにがです？」

彼女は食いつかんばかりの勢いで尋ねてきた。

「だって、なぜ花器を割ったといって、ご褒美がいただけるのですかっ？　それに、王さま、本宮ではとても恐ろしい方なのに、こちらでは皆さんと普通に話してらっしゃるし……あのっ、ほかの宮つきの女官からも、『花の宮』勤めなんて優雅で羨ましいわ、なんて嫌味言われてるんです。掃除と花を育てること以外になんにもしないで、いつも笑ってばかりいるって。笑い声が本宮までとどく、って」

女官長は声をあげて笑い、

「いいのよ。ここは、これで。私たちは『笑う』ことが仕事なの」


そう。冴紗さまのいらした日々のように。

いまでも冴紗さまが、ほんとうにいらっしゃるように。

それこそが『王』の望み。

そして、男どもはわからないのだろうが、――この宮の存在こそが、『王』を、ひいては『この国』を、陰で支えているのだから。

後日談

「王。おわかりになられましたか…?」

ため息まじりの声をかけられ、はっと羅剛《らごう》はそちらを見た。

会議の席であった。

重臣たちの視線が集まっている。

「……む、むろん、わかっておるわ。ぶ、無礼なことを申すなっ」

あわてて答えたが、我ながら説得力のない言い方ではあった。会議内容を聞いていなかったのをみずから認めたようなものだ。

報告書類を閉じ、宰相はさらりと尋ねた。

「して、冴紗《さしゃ》さまはいつごろお戻りで?」

「お、おお。まもなく…」

即答しかけて、ようやく羅剛は罠にかかったことに気づいた。

大臣どものなかには、不埒《ふらち》なことに吹き出す者すらいる始末。

つねならば、家臣ごときにからかわれるいわれはないぞ! と猛《たけ》り狂っているはずだが
――冴紗のことでからかわれるぶんには、なぜだかひじょうに愉快な心地であった。

羅剛は鷹揚《おうよう》に笑った。

「しかたなかろう。二日ぶりだ」

宰相のほうは、苦笑に近い笑いだ。

「しかたない、は大神殿のほうでございましょうとも。『聖虹使《せいこうし》』になられるご予定の冴紗さまを、あなたさまが攫っておしまいになられたのですから」

「なにを言うておる。俺の攫ってきたのは、崢嶮《そうけん》の『美優良《みゆら》王女』であろうが。あれはまさしく我が妃だぞ？」

冗談を吐いたあと、羅剛もさすがに吹き出してしまった。

冴紗が『美優良王女』の身代わりとして入内することは、国の重臣、王騎士団員、宮殿に働く者たち、そして大神殿の神官たち、…ようするに民以外は周知の事実なのである。

羅剛は顎を撫でて満足の笑みを浮かべた。

……しかし、まさかこれほどの良策、俺も思いつかなんだがの。

美優良王女の妙案である。

王女が輿入れしてきた際は、偽髪《にせがみ》を装うとんでもない騙《かた》り女だと腹を立てたものだが、いまは知恵の回る心根のよい女であったと感心している。

羅剛はしかつめらしい顔を作って命じた。

「――おお、そうだそうだ。崢嶮国には十分な援助を与えておけ。なにせ、我が妃の生まれ故郷であるからな」

王女があのとき口を差し挟まなければ、さまざまなしがらみで、冴紗はけっして羅剛の求婚を受けてはくれなかったであろう。あらゆる意味で、王女はありがたい存在であった。

……いまごろは、恋人の従者とともに、国で幸せに暮らしておろうがの。

「かしこまりましてございます」

宰相は恭しく頭を下げると、そのあと少々揶揄を含んだ物言いをした。

「それでは、――本日はこのあたりで。冴紗さまが戻られるのであれば、王もご政務どころではございませぬでしょう」

ふん、と笑いながら羅剛は席を立ったが、――会議の間を去りぎわ、切り返してやった。

「わかっておろうが、数日間は花の宮から出ぬからな、俺は！　そのぶん、冴紗がおらぬあいだに十分働いたのだからな！」


宮殿の屋上、飛竜の降り立つ場所まで階《きざはし》を駆けあがる。

……政務などなければ、俺がついていったのだがな。

麗しの『銀の月』。

我が、いとしの妃よ。

「今後の相談をいたしてまいりますので、いちど大神殿に参りとうございます」

数日間の初夜の褥《しとね》のあと、――そう言った冴紗の申し出を、羅剛としては咎めるわけにはいかなかった。

なぜなら、大神殿の最長老には借りがあるからだ。

冴紗に、『国王妃』と『聖虹使』の二役をせよと、暗に仄《ほの》めかしてくれた。あれは、冴紗にとっては真実救いの言葉であったろう。

……俺としては、『聖虹使』などどうでもよいのだが……。

しかし国と民にとっては必要なのだと、羅剛も近ごろようやく理解してきた。

修才邏《いざいら》王国は虹霓《こうげい》教《きょう》総本山を擁している。

そこへ、歴史上始まって以来の、虹髪虹瞳を持つ冴紗の出現、――まさしく冴紗は、人々の待ち望んだ存在なのであろう。

じっさい、虹霓教最高位『聖虹使』の名がつかわれるのは、数百年ぶりのことと聞く。

風に吹かれながら、遠く北方、霊峰麗煌山《りこうざん》のかたを見やる。

四年前、冴紗を大神殿に盗られてから、長い長いときを、こうやって待っていた。

飛竜がその背に冴紗を乗せ、自分のもとへと飛んできてくれるのを。

「……さしゃ……」

腕を組み、空を睨む。

一国の王でなければ、いや王であっても、なにもかも振り捨てておまえのもとへと飛びたかった。飛んで、あの辛気臭《しんきくさ》い大神殿からおまえを攫ってしまいたかった。

かろうじてこらえていたのは、ただ、冴紗に疎まれたくはないと、その一心であった。

生真面目《きまじめ》な冴紗は、責務を果たさぬ男を王として認めぬであろうと。

「……初めて逢った日から、おまえの心が欲しかったのだぞ、俺は」

冴紗は覚えておらぬかもしれぬが、父王暗殺の際、謀反人たちを平らげたのは、冴紗の弓と、その後のひとことであった。

新国王陛下、と。

少年の冴紗は、おのれも父を殺された直後であったというのに、羅剛の前で震える膝をつき、そう言ったのだ。

「新国王陛下、……御世《みよ》がとわに栄えますよう……」

血の海のなか、涙でとぎれとぎれの言葉であったが、――虹の御子の言葉と態度は、すべてを押さえ込む力があった。御子が腰を折ったのであるから、この方こそ真実の王であると、謀反人どもまでが平伏した。

だがあの日、羅剛は、『虹の御子』としての冴紗ではなく、ちいさな、けなげな少年としての冴紗に、心奪われた。

皇子として生を受けた羅剛は、物心つく前より、さまざまな権謀術数《けんぼうじゅっすう》のただなかにいた。暗殺を企《くわだ》てられたのも一度や二度ではない。そのような日々で、人のまことを見極めるすべだけは長けていたと思う。

こいつはけっして俺を裏切らぬ。

たしかに虹髪虹瞳ではあったが、田舎から出てきたばかりの見窄《すぼ》らしい小僧であった冴紗……しかし、電撃に打たれたように、羅剛は恋をした。

麗しく成長してくれぬほうがよかったのだ。羅剛にとっては。そして、虹の御子などではないほうが。

……冴紗。世にも醜い姿であっても、俺はおまえに恋い焦がれたと思うぞ。

ただひとりの運命の相手。

俺は、おまえ以外の、だれにも想いを捧げたりはせぬ。

生涯をかけて、おまえひとりだ。


北の空から、飛竜のはばたきの音。

「来たか」

低く、羅剛はつぶやく。

竜騎士団に守られて、輝く虹の光が飛んでくる。

冴紗の長い髪は、光によって色合いを変える。今日は夕暮どきであったので、朱色がかった輝きだ。

虹は弧を描き、王宮に降りる。

騎士団長の永均にかかえられていた冴紗は、邪魔なものであるかのように仮面を取り去り、地に足がつくかつかぬかのうち、こちらに向けて駆け出した。

「ばか者！　急《せ》くでない！」

あんのじょうよろけた冴紗を、あわてて駆け寄り、胸に抱き止めてやる。

「…………王。…羅剛さま……」

はっとおもてを上げた冴紗は、すぐに、はにかむような笑みになる。

仮面をはずした素顔の冴紗の、幼い子供のような一途さに胸を打たれ、しばし言葉に詰まる。

「………あわてずとも、俺はどこにも行きはせぬ」

「……はい」

なんと愛らしく頬を染めることか。

「寂しかったか」

「……はい。…はい、寂しゅうございました」

応える声の、なんと甘やかなこと。

「俺もだ。おまえの居らぬ王宮は、火が消えたようであったぞ」

それには応えず、冴紗は羅剛の胸に顔を埋めてくる。

いじらしさに胸が震えたが、……大神殿での話し合いはどうであったのか。最長老は物分かりのいいじじいであったが、他の長老や神官どもは、納得したのか。羅剛は急かされるように尋ねた。

「うまく話はできたのか？　聖虹使としての仕事は減らせたのか？　これからおまえは二役をせねばならぬのだから、…無理はするでないぞ？　俺のほうも、新宮を大神殿のそばに建立する案を詰めておるが…」

視線のはし、竜から降りた騎士団員たちが頭を下げるのが見えた。

邪魔だ、さっさと行け、と手で合図しつつ、言葉をつづける。

「婚礼の打ち合せもせねばならぬし、…ああ、いまのおまえの寸法に合わせた、王妃の銀服も縫わせねばの。——そうだ、いっそのこと、聖虹使の披露と同時に婚礼を行なうか？　来賓《らいひん》客も、それなら二度手間にならずにすむ」

冴紗の髪を持ち上げ、結った様子を想像してみる。

「髪飾りをつけて化粧をしたら、男にはまったく見えぬな、おまえは！」

それどころか、これほどの美姫、古今東西の絵姿のなかですら見たことがない。

「まこと、…着飾ったら夢のように美しかろうな」

しかし、なにを話しても、なにをしても、冴紗はうっとりと羅剛を見上げているだけである。

「どうした？　ん？　どうしたというのだ？」

甘える仕草で、冴紗は羅剛の手に頬を寄せてきた。

「…………あ、…申し訳ございませぬ。ご質問に、応えを…」

遮《さえぎ》った。

「よい。おまえの様が、なによりの応えだ」

言葉よりも雄弁に冴紗の心を伝えてくれる。

……俺のそばにおるのは幸せか？　安堵するのか…？

神の御子と崇められる冴紗の、これほど無防備なすがた、他のだれも見たことがないに違いない。

「疲れたであろう？　食事の支度をさせておるからの。花の宮でゆるりとせい」

食の細い冴紗のために、羅剛は毎食山ほどの料理を用意させていた。

どれかひとつでも口に合うものがあれば、と思ってのことだ。

冴紗はかすかに首を振る。

「……いえ……」

「なんだ？　腹はすいておらぬのか？　ならば湯殿の支度もさせておるぞ？」

真冬であっても冴紗が湯に好きな花を浮かべられるよう、香りのよい花をつねに用意させてある。洗い布も、きめ細かな肌を傷つけぬよう、冴紗専用の、羽根のような肌ざわりの柔布《やわぬの》を作らせている。

だが、せつなそうな瞳で、今度ははっきりと首を振る。

少々困惑した。

羅剛なりに、冴紗の喜びそうなものを、できうるかぎり集めたのだ。

冴紗のほほえみを見たいがために。

「では、なにが所望だ？　言うてみい？　おまえの願いなら、俺はなんでも叶えてやるぞ」

睫《まつげ》を伏せてしまったので、羅剛は耳元でささやいてやった。

「人払いはしたぞ。だれもおらぬ。なんなりと申せ。部屋いっぱいの黄金でも、即座に集めてみせるぞ…？」

いいえいいえ、と冴紗は首を振った。

そして恥ずかしそうに頬を染め、小声で言ったのだ。

「………冴紗は……冴紗がいまいちばん賜りたいのは、あなたさまの、……くちづけ…で、ございますゆえ……」

羅剛は眉を顰めた。

そうするしかなかったのだ。あまりの胸の甘苦しさで。

「………ばか者が。俺のくちづけなど、いくらでも……」

言葉の途中、耐えきれずにくちづける。

が、すぐに唇を離し、今度は本気で怒鳴った。

「馬鹿者！　唇が氷のようではないか！　なぜ先に言わぬ！」

冴紗のほうは驚いたように、自分の唇を指先でさわった。

「冷えては……おりませぬが……」

抱き締め、その肌に熱を加えようとした。

「なにをっ、…これほど冷えておるではないか！」

ぼんやりと、冴紗は言った。

「……あたたこう、ございます……」

「だから言うておろうが！」

うっすらとほほえみ、

「気づきませんでした。あなたさまのもとに、一刻でも早く戻りたくて、…こうして、抱き締めてくださるまで、寒さなど感じませんでした」

羅剛は黙った。

苦痛に近い。

いとしさが身の内を駆けめぐり、どうしてよいのかわからぬ。

幼いころから冴紗はつねに、王としての自分とのあいだに一線を引いていて、おのれの想いなどまったくと言ってよいほど口にしなかった。

だが肌を合わせるようになったいま、その言葉、仕草、あらゆることがらが羅剛を翻弄《ほんろう》する。

……まこと、魔物よりたちが悪い。

花のかんばせ、鈴音《すずね》の声で、世にも甘い睦言《むつごと》を吐く。

「ほんに、…幼子なのだな、おまえは」

わかっていたはずではないか。恋の手練手管《てれんてくだ》も知らず、おのれのうつくしさにも気づかず、……だからこそ冴紗は魔物以上に厄介なのだ。無垢な心のままであるがゆえ。

羅剛は苦笑を洩らす。

「俺はこれから、いままで以上に背後を気にせんとな」

一気に冴紗の顔が曇る。

「なにゆえ……でございますか…？　また謀反の疑いでも……」

は！　とひとこえ高く羅剛は笑った。

「謀反、…のう。…できるものなら、あらゆる男がしたいであろうな。俺の首獲って、おまえを手に入れるためにな」

「わたしは……」

潤みはじめてしまった冴紗の瞳。

羅剛は瞼にくちづけてやった。

「よい。おまえの心は、……いまは、俺にあるのだ。…そうであろう、冴紗？」

ぽろりと、冴紗の瞳から宝玉のごとき涙がこぼれ落ちる。

「お疑いでございまするか」

「いや、…いや、そうではない。おまえがあまりにも愛らしいのでな、……泣くな、ばか者が」

舌先で涙を舐め取ってやる。

「さしゃ」

語りかけると、夕日を映した瞳で、冴紗は応える。

「……はい…」

「おまえの賜りたいのは、くちづけだけか」

揺れる瞳。

上目づかいに羅剛を見上げ、また伏せ、幾度も繰り返し、けっきょくは羅剛の胸のあたりに視線を落とし、かすかな声で、冴紗は返答した。

「…………いえ……」

なにゆえ、これほど愛らしい羞恥を、自分は見逃していたのか。

ため息のように、羅剛は後悔の弁を吐いた。

「もっとはように、……おまえを抱いておればよかったの。…臣どもに引き離される前に。清童でなければ、おまえを大神殿に攫われずにすんだであろうに……」

冴紗は肯定も否定もせぬ。ただ、おずおずと抱きついてきたのみである。

詫《わ》びねばならぬこと。これからのこと。しかし、話し合いよりも、いまは肌を合わせたかった。

「……俺も冷えてきたらしい。おまえを待って、ずいぶんと長いこと風に吹かれておった
からの」

ほんに、長い長いあいだ、狂うほど待ち焦がれていた。

この日の来ることを。

はっと視線を上げた冴紗に、笑ってやる。

「俺を待たせた罰だ。――おまえが、その身であたためろ。おまえのなかで、俺をあたた
めてくれ」

虹の瞳は、ゆるやかな弧を描く。

羅剛の渇望した、ほほえみの形に。

あえかな面差しに、春の花よりも麗しく朱を散らし、冴紗は応えてくれた。

「…………はい。…我が君……ご命令、うれしゅうございます、…羅剛さま」

和基・王印の入った剣を渡されて

王の目が、まっすぐ和基《わき》を見ていた。

つねの睨むような目つきではなく、ひどく凪いだ瞳であった。

胸の騒めきが痛いほどだ。

戦が起こる、と。

羅剛《らごう》王は言った。

冴紗《さしゃ》には報せるな、と。


大神殿の屋上で、和基は怒りにも似た想いをいだいていた。

見送りに、冴紗さまは上がられていない。

であるからこそ……直前まで愛の営みが行なわれていたことは、容易に想像できた。

自分などが咎めだてできる筋合いではない。

王と冴紗さまは、お二方とも同性であっても、まもなく正式に婚儀を迎えられる。神と人民に祝福された恋人同士なのである。

それは、わかっている。

わかってはいるのだが、……あの清らかなお方の、無垢な身体を、この『黒の王』と渾《あだ》名《な》される下賤な男が抱いているのかと思うと、…胸が焼け焦げるような気がするのだ。

悔しさと憤りで、拳を握り締める。

……戦……。

そんなものは幾度もあったではないか。

諸国に『荒ぶる黒獣』と怖れられる羅剛王は、恐ろしく好戦的な男であった。この王の治世となってから、戦でなかったときのほうが珍しいくらいだ。いまさらなにを言っているのだ。

だが、…いまの口振りは、妙では、あった。起こすとは言わず、起こると言った。

では、他国から仕掛けられたというのか。

最長老が探りを入れるように尋ねた。

「危険な戦、…なのですな……？」

王は吐き捨てるように言い返してきた。

「でなければ、貴様らなどには頼まん」

和基は眉を顰める。

……普通の会話もできぬのか、この男は！

この若い王の短気さと傲慢さを、和基は以前からひじょうに腹立たしく思っていた。

『王が傲岸不遜《ごうがんふそん》なのは当然だろう？』

『こらえろ、和基。いつか首が飛ぶぞ』

仲間の神官は、そう言って血気盛んな和基を抑えようとしたが、…しかし、と思うのだ。

虹の御子『冴紗さま』は、修才邏《いざいら》のみならず、世の最高位であられるにもかかわらず、たいそう穏やかで、心優しいお方なのである。しもじもに対しても、驕《おご》り高ぶるような態度はまったく見せぬ。

だからこそ、不快に思うのだ。

我らはなにゆえ、このような品位の欠片《かけら》もない男を、王として仰がねばならぬのか。なにゆえ、冴紗さまは、このような男をお慕いになられるのか……。

お二方は少年期をともに過ごした、とは聞く。だが羅剛は、一国の王であるにもかかわらず、国教である『虹霓教《こうげいきょう》』がなんたるかも知らず、傍若無人な振る舞いを繰り返し、さらには、王族ではありえない黒髪黒瞳、――この王を蔑《さげす》んでいるのは自分だけではないはず、…と、和基は唇を噛む。

戦が起こるというのなら、かえってありがたいくらいだ。

……王がいなくなってくれれば……冴紗さまは我らだけのものになってくださる。

憎らしい、男。

憎らしいなどと、ひとことで言い表すのも口惜しい、…我ら神官のもとから、『冴紗さま』を力尽くで攫っていった、いとわしい男。

だが。

王は、和基を見つめたのだ。

凪いだ瞳で。

「……貴様……冴紗のために死ねるか」

ぶつけられた質問に、瞬時で怒りが滾った。

ふざけたことを言う。だれに向かって尋ねているというのだ。

和基は叩きつけるように言い返した。

「もちろんです！　あの方の御ためであれば、命など、なにも惜しくはありません！」

すると羅剛王は、腰の剣を鞘ごと抜き取り、――なんと、和基に差し出したのである！

「――麓《ふもと》に、できるだけの兵は配備した。だが、万が一、敵がここを襲撃したなら、――貴様、この剣で戦え。俺が、許す」

身が震えた。

抑えた口調が、王のまことを伝えていた。

ふいに、その愛情の深さに打ち負かされたような心地となった。

……それほどまでに冴紗さまを想っていらっしゃるのか、この方は……。

よりによって、『自分』に。

一時は冴紗さまをはさみ、剣を交える寸前まで睨み合った自分に、――『王印の入った剣』を渡してまで、冴紗さまの身の安全をはかろうとするとは。

ならば。受け取らねばなるまい。

大神殿に、武器などはひとつもない、そして、穏やかではあるが、それゆえ、人などけして斬れぬであろう神官たち。

王は、このなかで戦えるのは自分だけであると、とっさにそう判断したのだ。

和基は剣を受け取り、きっぱりと応えた。

「承知いたしました。…命にかえても！」

外套《がいとう》を翻《ひるがえ》し、王は飛竜に跳び乗る。

はばたく竜の背から、怒鳴る。

「ここは、どの国の支配も受けぬ、不可侵の聖域なのであろうっ？　ならば貴様ら、——冴紗を護りぬけ！　俗世の汚い思惑で、あれを穢れさせるな！」

漆黒《しっこく》の夜に溶けるように、王は去った。

最長老は苦渋を滲《にじ》ませて口を切る。

「王があそこまでおっしゃるとは…。こたびの戦、我らも心してかからねばなるまいの」

剣を胸に抱き、和基は感情を抑えていた。

よくよく考えてみれば、侈才邏国内での戦乱は、現王の世となってから一度もないのだ。

前王も前王妃も、薨《みまか》られてもういらっしゃらぬ。存命の王族は、全員が謀反のかどで入牢させられていると聞く。

であるにもかかわらず、十三歳という若さで王となった羅剛は、一度たりとも他国の侵入を許さなかった。

急に、腕のなかの剣が、重さを増したような気がした。

この重い剣をつねに腰に佩《は》き、ただひとりで国を守ってきた男。

そしていままた、ひとりで戦いに赴《おもむ》かんとする男。

和基は、唇を噛む。

悔しくとも、認めねばなるまい。

最初から勝ち目などあるはずもない。いくら憎らしくとも、羅剛は、やはり『王』であるのだ。一介の神官である自分などとは、格が違う。冴紗さまがお心をお寄せになってもしかたないほどの…………。

湧き起こる感情に歯軋《はぎし》りする思いで、和基は最長老に問う。

「この剣は、……私がお預かりしていてよろしいのでしょうか…？」

最長老は考え深げにうなずいた。

「……そうだの。王はおまえに託されたのだ。おまえが持っていなさい。お返しできる日まで」

言葉もなく、頭だけを下げ、和基は宿坊へと向かった。

胸のざわめきが治まらぬ。

あの吉報を聞いたのは、いつのことであったか。

『修才邏に、虹の御子さまがご降臨なされたぞ！　歴史上始まって以来の、虹髪虹瞳のお方だそうだ！』

そのころ和基は、市井《しせい》の民であった。

油商の跡取りとして、なに不自由のない生活を送っていた。

ただ、なに不自由のない暮らしとはいえ、商人の生活は世の醜さとも頻繁に接しなければならず、親やまわりの人間も世俗的な者たちばかりで、——じつは和基は、幼いころより内心忸怩たる思いに苦しめられていたのである。

この世には、真に美しいものはないのか。

醜く穢れたこの世に、自分が命をかけられるほどの純美は存在しないのか。

『御子さまは、目も眩《くら》むばかりのお美しい少年姿でご降臨なさったらしい』

『いまは、羅剛王とともに王宮でお暮らしだそうだ』

虹の御子『冴紗さま』は、和基より六歳年下であること、僻村《へきそん》の育ちながら、素晴らしい頭脳をお持ちで、たおやかでお優しいこと、——噂はことあるごとに、和基の暮らす町までも流れてきた。

聞くたび、想いはつのった。

一度でよい。『虹の御子さま』という方を、この目で見てみたい、と。


宿坊に戻り、自分の寝台へと向かう。

大神殿の神官たちに個室は与えられていない。七人部屋の一角に、各寝台と机が与えられるのみ。

質素きわまりないが、和基はここでの生活に不満を感じたことなど一度もなかった。

いや、この大神殿に来てからの日々は、市井ではけっして得られぬ至福の連続であった。

「大変なものをお預かりして、気が重いだろうが、…あまり考え込むなよ、和基？」

「俺たちは先に休むからな」

同室の神官たちは早々に床につく。

大神殿のお勤めは、早朝より始まる。いつまでも起きていれば翌日がつらくなる。

しかし、和基は剣を胸に抱いたまま、寝台に腰掛けていた。

眠れるわけなどないではないか。

思い出すのは……あの日、初めて『冴紗さま』のお姿を拝したとき。

『虹の御子さまが大神殿にあがられた！　聖虹使《せいこうし》さまになられるらしいぞ！』

その報せは、民たちのあいだにひじょうな喜びをもって伝えられた。

これからは、麗煌山《りこうざん》頂上にある『虹霓教大神殿』までたどり着きさえすれば、一般の者であっても、虹の御子さまにお目どおりが叶うのである。

和基は渋る親をなんとか説きふせ、麗煌山参りに出かけた。


その際に見た光景は、衝撃的であった。

霊峰麗煌山は世の最高峰である。

気の遠くなるような長い山道を、善男善女が岩肌を這うようにして進んでいた。

老人も多かった。病人や、身の不自由そうな者も多数いた。だが、みなが助け合い、苦しみもがきながらも、山頂をめざしていた。

そして、ようやくたどり着いた大神殿で、和基が見たものは――噂で想い描いていたよりも、さらに神々しい、ひとりの少年であったのだ。

謁見の順番が回ってきたとき。

椅子に座った少年は、和基に向かい、微笑むように尋ねたのである。

「お疲れでございましょう？　どちらからいらっしゃったのですか？」

和基は、答えられなかった。

そのお姿の、美しさ、清らかさ。語るお声の、あまりのすずやかさに、…言葉を失い、涙さえ流れ始めていたからだ。

顔の上半分が隠れる仮面をつけていても、あたりを払うほどの光を発している。

少年というよりは少女、…いや、やはり神の御子としか表現のしようのない、煌めく虹の髪、仮面ごしに透かし見える、虹の瞳。

……ああ、……俺の探していたものは、ここにあったのだ！

あのときの歓喜の想い。

歴史上初めてという『虹髪虹瞳の御子さま』と、自分が生きているあいだに出会えた幸運を、和基は心から天に感謝した。

その日から、…親兄弟を説得し、家督を弟に譲り、和基は神官になるため粉骨砕身《ふんこつさいしん》の努力をした。

むろん大神殿は、各国の虹霓教神殿を束ねる最高殿である。そう簡単に入殿など叶わぬ。

しかし、和基はみずから進んで厳しい修行を重ね、わずか五年で大神殿にあがることを許された。

それは異例のことであったが、ただ、冴紗さまにお仕えしたいという一心で、和基は苦しいお勤めも耐えたのである。

……それなのに、…いつから俺は……。

あの頃の和基は、冴紗さまを純粋に『神の御子』であると、人を超越した崇高な存在であると、信じこんでいた。

それが誤りだと気づいたのは、……ある小さな出来事からであった。

大神殿にあがり、ひと月ほどは、歓喜の想いのみで、神官のお勤めをはたしていた。

あれほど憧れた虹の御子さまのおそばで修行ができるのである。

近くで見る冴紗さまは、さらに麗しく、和基は日々喜びに浸っていた。

だが、ある日の謁見の前、…その前の数日間、かなりの数の謁見希望者がつづき、前夜も遅くまで謁見をなさっておいでだったのだが、…仮面の冴紗さまが、指先でかるく口元を隠し、あふ、とちいさなあくびをするところを見てしまったのである。

冴紗さまは、和基の視線に気づき、恥ずかしそうにかるく笑んで見せた。

それは、胸を刺し貫かれたような衝撃であった。

……違う。この方は、…お芝居をなさっておられるのだ……。

食事もなさる。睡眠も必要である。それは、ともに暮らしてみて驚いたことであったが、その時点ではまだ厳密には理解していなかった。

しかし、あくびというひどく人間味のある行為を見た瞬間、……すべてを悟り、涙があふれてきた。

冴紗さまは、神の御子などではない、と。

虹の容姿ではあっても、中身は人であられる。そのうえで、我ら愚民のために、その身を捧げるおつもりなのだ、と。

……このお方のために、命をかけよう。

あのとき和基は、あらためて決意したのである。

崇めたてる神の御子としてではなく、人としての冴紗さまを、終生かけてお護り申し上げようと。


涙が剣に落ちる。

和基は寝台から立ち上がっていた。

もうわかってはいたのだ。

この想いを、なんと呼ぶかは。

自身がこれだけ邪《よこしま》な想いをいだいていながら、羅剛王を責めることなどできない。

神官たちはもう寝入っていた。

和基は足音を忍ばせて、部屋を出る。

向かったのは、むろん冴紗さまの部屋である。

失礼を承知で、扉を叩く。

「冴紗さま。和基です。お休みのところたいへん申し訳ありません」

ほどなく扉はわずか開き、白いかんばせが覗く。

「どうか、…しましたか…?」

ひとつ、息を吐き、和基は告げた。

「………ご夫君《ふくん》が、一大事でございます」

瞠目《どうもく》し、凍りつく瞳。

つねは表情などほとんど変えぬ冴紗さまの、あまりの驚愕に、胸が軋む。

和基は心中で考えてきた言葉を、まるで芝居の台詞でも吐くようにつづける。

「たいへん危険な戦地に赴かれるようで、…なにかあったら御身をお護りせよと、この剣を私に託されました。戦が始まることは固く秘《ひ》すようにとのご命令でしたが、…私の一存で、お知らせいたします」


ああ。

この方は、心より王を愛しておられる。

わかっていたことではないか。おのれが見たくないために、目をつぶっていただけだ。

つーっと。

一筋、冴紗さまは涙を流されたのである。

反対に和基は、我知らず微笑みさえ浮かべていた。

そうするしかないではないか。

そうしなければ、おのれの役目などはたせない。

あふれそうになる感情を抑え、和基は言葉を吐きつづける。

「最悪の事態で、もし王が薨られましたら、冴紗さまも、間違いなくご自死なさるでしょう。…冴紗さまをお護りするのが、我ら神官の務め。であるならば、お知らせしないわけにはまいりません」

冴紗さまは手を差し出したが、激しく震えている。その手に、しっかりと剣を掴ませてさしあげ、

「どうぞ、……急いで、あとを……」

うなずき、潤んだ瞳でなにか言いかけ、言葉にならぬ様子で、それでも感謝の意を伝えようとするかのように、冴紗さまは、一度だけぎゅっと和基の手を握ってきた。

和基は、言った。

「ええ。どうぞ、最長老さまには私から伝えておきますので。王のあとを追われるのでしたら、お早く」

身を翻し、駆けて行く冴紗さま。

そのうしろ姿に、『神の御子』らしさは、微塵《みじん》も見られない。

ただ、一途に恋をする、ひとりのお方の姿でしか、ない。

嗚咽を飲み込み、和基は心中で独語する。

……私が王であったなら、お心を私にくださいましたか…？

尋ねることすらできぬ問いが、喉の奥でこごっている。

あの方とともに少年時代を過ごし、苦しみも悲しみもともに分かち合ってきたなら、いま、王が得ている冴紗さまの愛情は、自分のものであったのか…？　それとも、羅剛と自分が反対の立場だったとしても、冴紗さまは『羅剛』という男に、想いを捧げたのか。

思っても詮《せん》ないことである。

なにをどうしても、冴紗さまのお心は、自分のものではない。

血を吐くように、和基はつぶやく。

「……あなたを陰ながらお護りするしか、私の生きるすべはないのです……」

この想いを殺し、微笑むことでしか、あなたを護れない。

恋だなどと、……自覚したくはなかった。

王の想いを、邪な穢れたものであると、嘲笑っていられたほうがよかった……。

「冴紗さま……！　冴紗さま……っ……」

身を斬られるようなこの想いを、あの方だけは知らぬ。おなじ想いに身を焦がす者は多いだろうが、あの方の瞳には、『羅剛王』しか映りはしない。

それでも。

もうたぶん漆黒の闇夜、飛竜上の人となっている冴紗さまに――和基は、語りかける。

「あなたが、王のためだけに生きるのならば、――私は、あなたのためだけに、この命をお捧げいたします」

生涯、この想いを、口にしたりはいたしません。

ですから、どうか、冴紗さま。

お幸せにお暮らしください。

あなたが背負っていかねばならぬ苦難を、ともに背負ってくれるほどの、強いお方の胸のなかで、せめて、……そのときだけでも、人としての幸福を味わってください。

我々神官は、あなたの幸福だけを、祈っているのです。

『神の御子』であろうとなかろうと、ただ『冴紗さま』のお幸せだけを…………。

過去の聖虹使さまの夢を見て

「……え？　なにか入っている…？」

冴紗《さしゃ》は聖遺物箱《せいいぶつばこ》のなかに手を深く差し入れ、底を探ってみた。

撫でていくと、…気のせいではなかった。底の敷き布の下に、たしかに書類のような厚みがあるのだ。

『聖遺物箱』というのは、過去の『聖虹使《せいこうし》』たちの残した書きつけや遺品などを保存してある箱である。そして、いま冴紗が見ているのは、前代の聖虹使の箱であった。

冴紗が正式に聖虹使となって、一年あまり。

が、それ以前から箱は冴紗の預かりであったし、貴重な聖遺物はすみからすみまで調べたと思っていたのだが、もう五年以上も、敷き物の下の存在に気づかなかったとは……。

箱のものをすべて取り出し、布をめくってみる。

予想したとおり、入っていたのは一通の書きつけ。

大事そうに、幾重《いくえ》にも紙でくるまれている。

「……これは……任命書……？」

開くと、――書かれていたのは、たった一文のみ。

【御身を第十二代聖虹使に任ずる】

修才邏《いざいら》国王の署名がある。『恵徳《けいとく》』とあるから、ときの王に間違いない。前の聖虹使は、いまより三百年ほど前、恵徳という王の御代に現れたと、歴史書には記されているからだ。

宛名には、蕾莎《らいさ》殿、とある。

「ああ、このお名前ですと、……たぶん、せんの聖虹使さまは、女御子さまであられたのですね」

聖虹使は、性のない至上の存在とされるため、歴史書にも出生時の性別は明記されていないのだ。神官たちも、呼ぶ際は、『一代さま』『二代さま』という呼び方をする。冴紗も没すれば、名だけが書面に記され、人々には『十三代さま』と呼ばれることになるはずだ。

だが、冴紗の場合は、少々事情が違った。

なぜ両親がこのような名をつけたのか、もしや出生時、星予見が読んだ未来がなにか関係しているのかもしれないが、…『冴』という字も『紗』という字も、一般的には女性に使われるものなのである。そのうえ冴紗は、現在、『修才邏国王妃』でもある。

……きっと、のちの世の方々は、わたしのことを女御子であったと思うのでしょうね。

複雑な気分ではあるが、男の身でありながら恋しいお方に嫁げたのであるし、女性のような名であったため、正妃としてくださった羅剛さまに恥をかかせずにすんだ。これが逞しげな男名であったなら、羅剛《らごう》さまは、人々に嘲笑されてしまったかもしれぬのだ。いまの冴紗は、この名をつけてくれた両親に、たいへん感謝していた。

「それにしても、……なにゆえ任命書が、まるで隠されるようにしまわれていたのでしょう…？」

と、そのときであった。

窓の外から、飛竜のはばたきの音が聞こえたのである。

とたんに、意識はそちらへ向かってしまった。

「羅剛さまがいらした！」

冴紗は深く考えもせずに、胸元へと任命書を挿し込み、窓辺へと駆け寄っていた。


眼前に、優しげな面ざしの若い男性。

高貴なお方であることは、容貌からも衣服からも見て取れた。

彼は、苦渋に満ちた顔で言葉を吐いた。

「……蕾莎《らいさ》。……どうしても、…どうしても、考えなおしてはくれぬのか……」

すると、嘲《あざけ》るような笑い声。

「考えなおす？　私に、ほかにいったいどういう選択肢があるというのだ？」

冴紗は、はっとした。

男の言葉づかいではあるものの、その声は明らかに女性のもの。さらに、声はなぜだか
『おのれの口』から出ているのである。

……なにゆえ、わたしが、前聖虹使『蕾莎さま』のお名で呼ばれているのでしょう……？

そして、世の最高位、聖虹使を呼び捨てにできるということは、眼前のこのお方は、もしや『恵徳王』であられるのか……。

とにかく冴紗は、必死で思いをめぐらせてみた。

迎えに来てくださった羅剛王の飛竜に乗り、王宮へと戻ったあと、湯を使い、夕餉《ゆうげ》。いつもどおりの、閨《ねや》での幸せな時間。それから、王にいだかれ、ふたりでおだやかな眠りについたはずであった。

なのに、なぜいま、このような場所にいるのか。なぜ、『蕾莎さま』のお心を感じられるのか。

……もしやわたしは、夢を見ているのでしょうか……？　ここは夢のなかなのでしょうか……？

そう考えれば、なにもかも納得できる。

しかし、本人の思いのままにならぬのが『夢』のつねとはいえ、まさか三百年も昔の『前聖虹使』の身となり、ここまで鮮やかな情景を目の当たりにすることになろうとは……。

昼間見つけた任命書がなにかのきっかけになったのやもしれぬと、そこまでは理解できても、成り行きを思うように動かせぬのも、夢のつねである。冴紗はただ、おのれの身であっておのれの身ではない『蕾莎さま』の行動を、黙って見守るしかないのだ。

恵徳王は、焦れた様子で声を荒らげていた。

「幾度もわしが言うておろう！　世のあらゆる国が、虹の御子であるそなたを王妃にと望んでおる！　そなたは、好きな国を選べばよいだけではないか！」

それに対する蕾莎さまの返事は、相手を咎め立てするかのごとき冷たい口調であった。

「………まだ、あなたは、……そう言うのか………？」

恵徳王は、虚をつかれたように黙った。

蕾莎さまは、さらに厳しい口調で詰問する。

「私に、………他の男の妃になれ、と……他の男に抱かれ、他の男の、子を産めと………あなたは、まだ、そうおっしゃるのか……？」

冴紗は困惑した。

この異様な雰囲気は、どうしたことだろう…？

場所は、…壁の模様に侈才邏国の紋章が入っているため、王宮内であろうと推測できるが、いったいどういった場面であるのか。おふたりは、なにか諍《いさか》いでもなさっていたのか。

しばしの沈黙のあと、恵徳王は、喉の奥から絞り出すような声で、ふたたび言葉を吐いた。

「だが……聖虹使になるなどと言うて、…そなたは、あの役目のむごさをわかっておるのか……？」

それに応える蕾莎さまの声は、せせら嗤うような響きを含んでいた。

「べつにむごくはあるまいよ。簡単なことだ。男と交われぬよう、女の秘部を糸で縫い、一生を大神殿から一歩も出ずに過ごすだけではないか。過去の聖虹使たちも、みなやってきたことだ」

「だがっ、そなたは女御子だ！　それも、若く美しい。他国に嫁いで、幸せな王妃として暮らす道もある！　なにゆえそちらを選んではくれぬっ！」

「……幸せ、な……？」

意地悪く、蕾莎さまは王のお言葉を繰り返した。

恵徳王はつらそうに視線をそらしてしまった。

しかし……蕾莎さまとひとつ身になっている冴紗には、彼女の胸の痛みが、我が痛みのように感じられたのである。その痛みで、すべてが理解できた。

……このおふたりは、お互いに想い合っておられたのですね……！

胸が張り裂けそうなせつなさ。

必死に低い声を出し、衣服も男性ものを着用し、男のごときさまを装ってはいても、蕾莎さまはだれよりも『女性』であった。胸中は、王に対する身を焦がすほどの恋情で溢れていた。それを押し隠すには、冷淡な態度を取り繕うしかなかったのだ。

が、そこで疑問が湧いた。

女御子であられたのなら、なぜ蕾莎さまは恵徳王と結ばれなかったのか。なにゆえ、のちの世で、『十二代さま』と呼ばれることになったのか。

その答えは、すぐさま明らかとなった。

ふいに扉が開き、あどけない声が飛び込んできたからである。

「王！　こちらにおいででしたのっ？」

小走りに駆け寄ると、無邪気にも恵徳王の胸に抱きついた、――その女性の衣服を見て、冴紗は息が止まりそうになった。

……銀服をお召しになっている！

では、この方が恵徳王のご正妃なのか⁉　恵徳王は、すでにご結婚なさっておられたのか⁉

見るからに幼い王妃は、そこではっとしたように視線をこちらに向けた。

「……し、失礼いたしました。おいででしたのね」

一瞬後、蕾莎さまは、にこやかに応えた。

「いや。話はもうすみました。どうぞおかまいなく」

胸が詰まった。いままでも低めの声を出していたが、蕾莎さまはさらに声を下げて話したからだ。

冴紗が女性のごとき高い声を出そうとするのとは反対に、女性であった彼女は、人前では懸命に低い『男の声』を出さねばならなかったのだ。性のない至上の存在『聖虹使』を演ずるために……。

「ところで王妃さま、だいぶお腹のほうも大きくなられたようですね」

少女のような王妃は、はにかんで笑った。

「ええ。もうずいぶんと育っているようですの。薬師《くすし》も順調ですと、お墨付きをくださいましたわ」

冴紗は悲鳴をあげたくなった。

なんという悲劇であろう。王のお子を身籠っているご正妃がいらっしゃるというのに、王と蕾莎さまは、想い合ってしまわれたのか……。

「それは……よかった。よいお子をお産みください」

蕾莎さまの苦しみになどいっこう気づかぬ様子で、王妃はにこやかに応える。

「ええ。愛する恵徳さまのお子ですもの、立派に産んでみせますわ。蕾莎さまも、そろそろ聖虹使の就任ですわね。お互い楽しみでございますね？」

もうおやめくださいませ！　と、できるなら蕾莎さまの身を離れ、その場に割って入りたかった。

王妃さまのこの残酷な無邪気さを、どなたか止めてくださいませ！　これ以上、蕾莎さまを苦しめないでくださいませ！　と、叫んでしまいたかった。

恵徳王も、おなじことを思ったようだ。

まだ話があるので、そなたは部屋で休んでいなさい、と王妃をさりげなく退席させたあと、――さきほどよりもいっそう苦渋の面持ちで、振り返った。

顔を歪め、まるで涙を隠すように手で目元を押さえ、言葉を吐きだしたのである。

「…………蕾莎、……なにゆえ、もっとはように現われてくれなかった……。せめて、……せめて、あと数か月……。さすれば……このような……」

血を吐くような声であった。途中で途切れた言葉が、恵徳王の激しい懊悩《おうのう》を物語っていた。

冴紗も、王とおなじことを問いたかった。

……蕾莎さま！　なにゆえ、このような悲しいことになってしまったのです…⁉

想い合っていらっしゃるおふたりが、歳まわりも近い、本来ならばもっとも祝福されるはずの『王』と『虹の御子』というおふたりが、なにゆえ、結ばれぬ定めに泣かねばならぬのです⁉

そのときであった。

蕾莎さまのお心が伝わってきたのである。ひとつ身になっている冴紗には、彼女の過去が、我が身に起きた出来事のように感じられた。

……幼い弟妹……？

ああ、このお方も、わたしと同様、貧しいお生まれであったのだ。

たくさんの弟妹。両親は早くに亡くなっていた。自分の髪が虹色に輝くことは知っていたがそのようなことに頓着《とんちゃく》してはいられなかった。髪を隠し、必死に働いた。虹の御子として見つかってしまったなら、家族とは引き離される。そうしたら、いったいだれが、幼い弟妹を食べさせてくれるのか……。

これは、すべて過ぎたこと。

すべては、数百年も昔の出来事。そして、見ていることも、感じていることも、ただの夢。

そうわかっていても、冴紗は流れる涙を止めることができなかった。

歴史が、なにもかもを語ってくれている。

これからどうなるのか、王と蕾莎さまがどのような生涯を送ることになるのか。自分などが、数百年ののちに泣いても仕方がない。すべてはもう起きてしまったこと。

それでも、せつなさに胸が張り裂けそうだ。

「…………祈らせて、くれ。恵徳」

蕾莎さまは、ほほえみさえ浮かべて、そう言った。

「任命書を、書いてくれ。私は、聖虹使になる。…他国になど、嫁がせないでくれ。この国で、あなたと、あなたの大切な人々のため、祈りつづける。そして、私の後代に聖虹使となならぬ者たちのために、修才邏の未来のために、生涯、祈りを捧げたい。…それだけは、どうか許してほしいのだ」


「冴紗！　どうしたっ？　なにを泣いておるっ⁉」

ふいに『自分』の名を呼ばれ、激しく揺さぶられ、冴紗はぼんやりと目を開けた。

「………らごう……さま……？」

見慣れた寝台、見慣れた花の宮の寝室である。

羅剛はほっとしたように息を吐いた。

「驚かせるな。怖ろしい夢でも見たのか？」

口を開きかけ、……だが、どう語ればいいのか冴紗にはわからなかった。

あまりにも鮮明な夢であった。

いま見ていたのは、まことに夢であったのか。

それとも、遠く幾星霜《いくせいそう》離れた場所から、かの人が冴紗を呼び寄せたのか。だれにも伝えられなかった真実の想いを、『夢』という手段を用い、次代の聖虹使である冴紗に、伝えてきたのか。

冴紗は胸を押さえ、激しい痛みをこらえた。

……十二代さま。…いえ、蕾莎さま……。

素晴らしいお方であったと、伝えられている。歴代の聖虹使のなかでも、もっとも博識で、お心深く、修才邏の発展のために心血《しんけつ》を注いで尽くされた。虹霓教《こうげいきょう》の教えがいま現在、世界にこれほど広まっているのは、ひとえに十二代さまのおかげである、と。

冴紗はおのれに問いかけた。

自分は、いま見た夢を、だれかに語るべきであろうか。蕾莎さまは、無念の想いを伝えたくて、自分を呼び寄せたのであろうか。

いや、…それは違うのではないか、と思った。

たぶん、これは、ときを越えた、かの人よりの祝福なのだ。結ばれなかった我が身の定めを呪うのではなく、あまたの障害を乗り越えて婚姻へと漕《こ》ぎつけた『羅剛王と冴紗』へ、蕾莎さまは、きっと応援の想いを届けてくださったのだ。

冴紗は、おずおずと尋ねてみた。

「……あの、……羅剛さま……」

「ん？　どうした？」

口にはしづらい話であったが、なんとか切り出す。

「……羅剛さまは、わたしと出逢う前、すでにお妃さまをお迎えでしたら……どうなさいました…？　それでもわたしをお選びくださいましたか…？」

羅剛は眉を顰め、しばし考え込んだが、

「俺は、神など信じてはおらぬ。当然、神の怒りなども恐れはせぬ。……だが、縁あって、一度は妃にと迎えた姫がいるなら…………たぶん、……見捨てることは、できぬであろうの……。むろん、おまえとともに逃げることも考えるだろうが、……国と民を捨てて、おのれらだけが幸せになるわけにはゆかぬ……。俺は、修才邏の、王であるのだ」

言い終わり、少々心配げに冴紗の顔を覗き込んだ。

「怒ったか……?」

素直に、冴紗はいまの想いを伝えた。

「いいえ。やはりわたしは、素晴らしいお方をお慕いしたのだと、あらためて心ふるえました。……わたしも、おなじ想いでございます」


人の不幸の上に成り立つ幸福など、ない。

恵徳王と蕾莎さまは、正しきご判断をなさった。

想い合いながら結ばれぬのは、つらいこと。だが、他者を傷つけてまで結ばれるのは、さらにつらいこと。

ならば今生では結ばれずとも、生涯を終えたのち、清い身で天帝さまの御許へと参り、お裁きを受けよう。天帝さまのお慈悲を賜れれば、来世こそ結ばれる定めに巡り合わせていただけるはず。

恵徳王と蕾莎さまは、そう考えたに違いない。

……きっと、……奇跡のようにわたしたちが巡り合えたのも、あまたの人々の祈りのおかげなのでしょう。

どちらかに相手がいたなら、いまのこの幸せはなかったのだ。

そして、……いま、『蕾莎さま』のお身に、自分が入り込んだように、『自分』の身にも、いままでの聖虹使さま方が入れればいい、と、冴紗はそう思った。

いとしいお方にいだかれて眠るこの幸せを、喜びを。悲しい生涯を送られた過去の方々すべてに味わわせてさしあげたい。

せめてみなさま、天帝さまの御許、安らかでおられますように、と……冴紗は心から、そう祈らずにはいられなかった。

驟雨 しゅうう

冴紗《さしゃ》を乗せ、飛竜でのんびりと遊びがてらの巡回飛行をした帰りであった。

出かけた際は晴天だったのだが、——一天にわかにかき曇《くも》り、凄まじい豪雨となってしまった。

篠突《しのつ》く雨は頬を突き刺さんばかり。目さえまともに開けられぬ。

雲の上まで昇ろうにも、叩きつけるような雨の重力で、飛竜も、上昇どころか、いまの高度を保つのがやっとの様子。

羅剛《らごう》は、雨に負けぬよう大声で尋ねてやる。

「大丈夫か、冴紗っ？　苦しゅうはないかっ？」

冴紗は、「はい」と、応えたようだが、それはうなずく動作で察せられただけで、声自体は、耳を聾《ろう》さんばかりの雨音で皆目聞き取れぬ。幼いころから飛竜に乗り、悪天候など慣れているはずの羅剛であったが、この大雨にはさすがに閉口した。

むろん、雨が落ち始めてすぐ、おのれの外套を脱ぎ、濡れぬよう頭から冴紗をくるんでやっている。

しかし頑丈に作ってあるはずの外套《がいとう》さえ、雨は突き通す勢いなのだ。

……せめて冴紗をうしろに座らせておれば、俺が雨よけになってやれたのだが……。

いまは秋も深まりつつある時期だ。冷たい雨に打たれつづけたら、冴紗が具合を悪くしてしまうやもしれぬ。一瞬、いまからでも座を入れ替わってやろうかと思ったが、…なにしろこの大雨だ。飛竜の背もずぶ濡れだ。飛行中の移動は危険すぎる。通り雨だとは思うが、…しかたない、地上に降りて、雨雲が行き過ぎるまでしばし雨宿りするしかないな、…と、聞こえぬのは承知で声をかける。

「いったん降りるぞ、冴紗！　このままでは、俺たちも難儀だが、飛竜も翼をやられてしまうからな！」

が、そうはいっても、飛行していたのは折悪しく森の上であった。見渡すかぎり、遥《はる》か彼方まで黒々とした森がつづいている。

それでもどこか雨をしのげる場所はないかと、羅剛は開かぬ目をこじ開け、懸命に下界を見渡した。

そのような状態で、どれほど飛行したころか。

ようやく羅剛の目は、『ある物』を捉えたのである。

……あれは……家の屋根か……？

見間違いかとさらに目を凝らして見たが、まわりの木も伐採《ばっさい》されて、畑などが作られているようだ。そこだけあきらかに人の手が加わっている。

深い森のなかの一軒家など珍しい。森で働く者の住まいかもしれぬな、と思いつつ、羅剛は即座に手綱を引き、飛竜に命じた。

「おい、あの家を目指しておりろ！　おまえもすぐ休ませてやるから、もう少々頑張れ！」

なんとか降りられはしたが、――それは家とも言えぬほどの、みすぼらしい掘立小屋《ほったて》であった。

冴紗を抱きかかえて竜から降ろし、とにかく扉を叩く。いまは掘立小屋であろうとなんであろうと、屋根のある場所はありがたい。

「すまぬが、開けてくれ！　しばし雨をしのぎたいのだ！　怪しい者ではない、俺は修才邏王だ！」

どんどんどん！　と、激しく幾度も扉を叩く。

しかし返事はない。

「おい、聞こえぬのかっ⁉　だれもおらぬのかっ⁉」

そこで冴紗も、頭から被っていた外套をわずかに上げ、おずおずと家を見たのだが、――なぜだか、ちいさく息を呑んだのである。

抱き締めた腕にも、激しい動揺が伝わってくる。

怪訝に思い、尋ねてやる。

「……どうした、冴紗？」

冴紗ははっきりと震えていた。

身をよじり、羅剛の腕から抜けると、怯えたように、一歩、二歩と後ずさる。

「………住人を………呼ぶ必要は……ございませぬ。この家は、無人でございます。住んでいる者は……いまは、ひとりもおりませぬ……」

「なにゆえ、そのようなことがわかる？」

おまえは、王宮と大神殿以外、ほとんど出かけることもないではないか。このような森のなかの小屋のことなど、なぜ知っている…？　と、…そう尋ねようとして、——はっとした。

雨の激しさにばかり気を取られていて、失念していた。このあたりは、冴紗の故郷の森ではないか！

おそるおそる問うてみる。

「……もしや……ここは……おまえの生家か……？」

冴紗は瞳を揺らし、かすかにうなずいた。…というよりは、うなだれたように、見えた。

なんという偶然だ。そのようなことがあるのかと本気で驚いた。

「おお、ならば、話は早いではないか。この家の主はおまえだ。なにを戸惑うておるのだ。入って休むぞ！」

小屋の内部は、外から見たよりも、よりいっそうみすぼらしいものであった。

王宮の竜舎でさえ、ここに比べれば豪奢《ごうしゃ》に思えるくらいだ。

冴紗の様子はあきらかにおかしかった。

久方ぶりに我が家に戻ってきたというのに、戸口に佇《たたず》んだまま、動かぬのだ。

心配になり、羅剛は声をかけた。

「さきほどからどうした……？　身体が冷えてしまったか？　やはり具合が悪うなったのか……？」

外套を剝ぎ、濡れ具合をたしかめてやろうとした矢先、――冴紗は羅剛の手を振り解くように、身を引いた。そして、頽れるような体《てい》で床に膝をつき、つらそうに言葉を吐いたのである。

「……申し訳ございませぬ。このような見苦しき小屋に、修才邏の王であられる御身をお連れすることになりまして……」

恥じているのか、言葉はそこで切れ、あとはただ深く深く、床に頭を擦りつけるように平伏するのみ。

羅剛はため息をついた。

冴紗の腕を取り、立たせてやる。

「ほれ、立て。ふたりきりであるのに、なにを他人行儀な挨拶《あいさつ》などしておる？　それに、ここに連れて来たのは、おまえではなく、俺ではないか。なにゆえおまえが謝る」

立たせても、冴紗はうつむいたまま、視線を合わせようとはしない。

「おまえが貧しい出自であることは、初めから承知しておるわ。…それとも、俺がこれしきのことで驚くとでも思うておったのか？　おまえを蔑むとでも、考えておったのか？」

ぴくりと、細い肩がわななく。

自嘲的な軽口を叩いてやる。

「ならばおまえ、——俺を嗤うか？　俺は、父に疎まれ、母に自死された男だぞ？　そのうえ、前代未聞の、黒髪黒瞳の王だ。人に嗤われることに関しては、だれにも負けぬぞ？」

はっとしたように、冴紗は視線を上げた。

その瞳は激しく揺れている。

「いいえ、いいえ……まさか……」

虹の瞳は見る見る潤んでしまった。

「……申し訳ございませぬ。羅剛さまのお優しさ、お心の広さは、この身に沁《し》みてわかっておりましたのに、……まことに無礼なことを申しました。どうぞ、どうぞ、お許しくださいませ」

謝らせておいたら、冴紗はいつまでも謝りつづけそうだ。話を変えるため、羅剛は家のなかをしみじみと見回した。

「……そうか。ここが、おまえの暮らした家か」

幼い冴紗の幻が見えるようだ。

冴紗の父は逞しい男であった。せんに亡くなっていたという母親は、絵姿で見る限り、冴紗によく似た面ざしの、たいそうな美人であった。

極貧の生活であったことは、――小屋はむろんのこと、卓や椅子、皿や匙《さじ》にいたるまで、すべて素人《しろうと》の拙い手作りであることからも察せられるが、――そのようななかでも、家族三人、つつましく、楽しく暮らしていた様子が見て取れるのだ。冴紗はたしかに親に愛され、幸せな幼少期を送ったのだと、胸が熱くなる想いであった。

「よい家だ。…ああ、まこと、よい家だ」

羅剛は心からそう口にした。

「この家のどこを恥じる必要がある？　俺は、いままでこれほどあたたかな家は見たことがないぞ」

ただ、ひとつだけ驚いたことがあった。

住む者もなく、十年以上も風雪に晒《さら》されてきた小屋である。虫や動物に食い荒らされていて当然であるのに、この家は、つい先刻まで人がいたかのごときさまなのだ。埃はたしかに積もっているが、まったく痛んではおらぬのだ。

……俺は、冴紗のことを『虹霓神の御子』だなどと思うたことはないが……。

だが冴紗のまわりには、奇跡のごとき出来事が多すぎる。この家もそうだが、冴紗の持ち物は、奇妙なことにほとんど劣化しないのだ。そのうえ、ありえぬほどの的中率を誇る弓の腕といい、…やはり冴紗はまことの『神の御子』なのやもしれぬと、羅剛でさえときおりそう思うてしまうほどだ。

……だがまあ、俺は冴紗がなに者であっても、いっこうかまわぬのだがな。

冴紗が冴紗であってくれさえすればいい。自分のそばにいてくれさえすれば、いいのだ。

そこで、唐突に思いついた。

「そうだ！　ここがおまえの家なら、母御《ははご》の墓も近かろう？　参らせてはくれぬか？」

耳を澄ませてみると、あれほど激しかった雨音も、いまはほとんど聞こえぬほどだ。

「ほれ、ちょうど雨もやみかけておるようだ。これなら外に出られるぞ？」

冴紗は面食らったように瞠目した。

「………墓………は………裏手にあるにはありますが、……土を盛り、石を載せただけの、粗末なものでございまして……」

「かまわぬ。俺はおまえの母御に挨拶がしたいだけだ。案内してくれるな？」

扉を開けて外に出てみると、あれほど激しかった雨が、嘘のようにあがっていた。雲間からは、眩しい陽光さえ射し始めている。

家の裏手にあったのは、冴紗の言葉どおり、盛った土の上に石が載せてあるだけの、ひじょうに粗末な墓であった。

「……こちら、でございます」

「おお、そうか」

冴紗がおずおずと指し示した場所に、羅剛は迷うことなく片膝をつき、貴人に対する正式なかたちを取った。

「羅剛さま…っ！」

冴紗はそうとう驚いたようで、悲鳴のような声をあげた。

「なにをなさいます…っ⁉　御身が膝をおつきになられるとは！　地とて、雨でひどくぬかるんでおりますのに！」

「ああ、…よい、かまうな。俺がしたいのだから、やらせておけ」

じっさいのところ、世の覇権を持つ修才邏の王が膝をつかねばならぬ相手など、いまこの世にはひとりもいないはずだが、『冴紗の母』は、自分が膝をつくに値する人物だと、そう思うのだ。

想いを込め、羅剛は墓石に語りかけた。

「お初にお目にかかる。修才邏国王、羅剛と申す。ご挨拶が遅れて、まことに申し訳ない。すでに婚姻の儀は済ませてしまったが、――改めて、母御にお許しを乞う」

息を継ぎ、冴紗の母がいま眼前に立っている気分で、真剣に言葉を尽くす。

「ご子息、冴紗殿を、我が妃、修才邏の聖なる『銀の月』として、賜りたい。――この身、この心、すべてをかけ、ご子息を生涯お護りすると誓う。そして、未来永劫《みらいえいごう》、我が全身全霊の愛を捧げ奉ると、母君の前で、固くお誓いする」

背後で冴紗が声を詰まらせていた。

「……羅剛さま……」

なぜもっと早く、こうしなかったのか。

冴紗を愛していると言いながら、自分は冴紗の喜ぶことをなにひとつしてやっていなかった。反対に、冴紗を苦しめるようなことばかりしてきた。

おのれの父母の墓になど、一度も参ったことのない羅剛であったが、冴紗の親には、語りたいことがたくさんあることに、いま初めて気づいた。詫びたいこと、相談したいことが、山ほどある、と。

誓詞を唱え終わり、立ちあがる。

はらはらと虹の涙を流している冴紗を、きつく胸に抱き締めてやる。

「……すまなかったな。……俺は、……いや、俺も、神官どもも、おまえを閉じ込めすぎた。おまえを失いたくないあまりに、……母御の墓参りさえさせなんだ。俺たちは、ひどいことをしていたのだな……」

いいえ、とは言わないことが、冴紗の本心を如実に物語っていた。

胸がひどく痛んだ。

自分はなるほど親の愛を知らずに育った男だ。だが冴紗は、両親の愛情を一身に受けて育った身。親に対する思い入れも、自分とは違うはず。

そこでさらに、もっとも決定的な違いに気づいてしまった。

……そうだ。俺の親とは違い、冴紗の父母は、深く愛し合っておったのだ……！　ならば、おなじ墓へと入りたかったはずだ！

おのれの馬鹿さかげんに腹さえ立てながら、羅剛は冴紗に尋ねた。

「いまさらだが、……母御の遺骨を、王都に眠る父御の墓に移してやるか…？　夫婦ともに眠らせてやるか…？」

自分なら耐えられない。死したあとでも冴紗と引き離されたら、きっと関わった者すべてを呪い殺してしまうほど怒り狂うであろうと、羅剛はそう考えたのだ。

感極まったように嗚咽を洩らし、冴紗はちいさく幾度もうなずいた。

ありがとうございます、と言いたいようだが、言葉にすらならず、ただ羅剛の胸に顔を埋めてきた。

謙虚な冴紗ではあるが、ちかごろすこしずつでも羅剛に甘えるそぶりを見せるようになった。羅剛にとっては、それがひどく喜ばしく、いとおしかった。

冴紗の背をかるく叩いて、宥めてやる。

「……そうか。……ああ、よしよし。おまえの口から言えるわけもなかったな。…すまぬな。俺が気づいてやらねばならなかったのだな」

墓は、冴紗が好きなときに参れるように、花の宮のそばに建ててやろう。立派なものよりも、かえって質素な墓のほうが、冴紗は喜んでくれるだろう。

不思議な感慨にとらわれ、羅剛はつぶやいていた。

「今日、雨に降られて、ここに辿《たど》りついたのは、どうも偶然ではなさそうだの。それこそ、天帝か、おまえの母御の導きであろうの」

冴紗の顎先を指で持ち上げ、瞳を覗き込んでやる。

虹の涙は、もう止まっていた。

冴紗の瞳にあるのは、感謝の色と、それから、自分へ対する思慕《しぼ》の色。

いとしさに激しく胸を炙《あぶ》られる。

烈しすぎる愛情は、我が身ももろともに、焼くようだ。

ふと、――冴紗の瞳が天にそれた。

「どうした？　なにか聞こえたか？　母の声か？」

からかいまじりにそう尋ねると、冴紗はうっすらとほほえんだ。

「はい」

「そうか。母御は、俺を許してくれていたか？　俺におまえを預けてくれると、そう申しておったか？」

花が咲いたかのごときさまで、冴紗は笑った。

「……そうか」

羅剛も天を仰ぎ、耳を澄ませてみたが、むろん声など聞こえるはずもない。

それでも、冴紗の言葉は真実であろうと、感じた。

冴紗の母は、間違いなく自分たちを許してくれている、と。


「……冴紗。母御の前で、おまえにくちづけてもかまわぬか……？」

瞬時に羞紅《しゅうこう》し、一度ふっさりと睫毛を伏せたあと。冴紗は恥ずかしそうに虹の瞳をめぐらせ、ほほえんだ。

「…………はい」

鈴音の声が次の言葉を紡ぐ前に、羅剛は唇を奪っていた。

甘い冴紗の唇は、つねよりさらに甘く、羅剛の胸を、熱く蕩《とろ》けさせた――。

女官たちの小粋な悪戯

花散らしの雨が頬を叩く。

夏の終わりの、長く、冷たい雨である。

しかし、雨など蒸散してしまうほどの激しい懊悩が、羅剛《らごう》の胸を熱く焦がしていた。

ときならぬ豪雨で南部の大河が氾濫し、下流の一村落が危機的状況にある、との報《ほう》が届いたのは、昨日の紫司《しし》三刻ごろ。

羅剛は騎士団を率い、即座に現地へと飛んだ。

間一髪、土石流に押し流されそうであった村落から、子供を含む百名ほどの民を救いだし、事後を管轄《かんかつ》の役人に託し、――一昼夜が過ぎた夜半過ぎ、ようやく王都へ戻ってきた。

王宮の竜場。

一立先《いちりゅう》も見えぬような雨のなか、一行を出迎えた宰相や重臣たちは、腰を折り、深々と頭を下げた。

「王。そして竜騎士団の方々。ご政務、お疲れさまでございます」

「ご活躍のさまは、あちらの役人から早伝書が届いております。王おんみずからの敏活《びんかつ》なるご救助活動、民たちも随喜《ずいき》の涙であったそうで…」

「土石流からの救助など、飛竜を御せる方々でなければとうていできぬこと。一報を受けた際の、御身のご叡断《えいだん》、臣下一同まことに感服いたしました」

羅剛は飛竜から飛び降り、吐き捨てた。

「世辞などいらぬ。俺の国の民たちだ。王である俺が護るのは、当然のこと。——それより貴様ら、なにゆえ大雨の夜中、このようなところに立っておるっ？　いつ戻るやもわからぬ俺を待てなどと、そのような馬鹿げた命は出しておらぬぞ？　風邪《ふうじゃ》にでも罹《かか》られたら、あとあと困るのはこっちだ。さっさと帰って寝ろ」

我知らず、『ふうじゃ』というところに、力が入ってしまう。

いまの羅剛は、その病に深い恨みがあったからだ。

……ほんに、…冗談ではない。これ以上『風邪』などに翻弄されては、かなわぬわ。

しかし、羅剛の複雑な胸中など知る由もない宰相たちは、またもや感激した様子で頭を下げた。

「お優しいお言葉、痛み入りまする」

「昼夜を通しての激務でさぞお疲れでございましょうに、我らの身体までご心配くださるとは……」

舌打ちしてやった。

「嫌味も通じんのか、貴様らは」

が、宰相たちの気持ちも、わからぬではない。言うていることも、世辞などではなく、心からの思いであろう。

たしかに、羅剛の迅速な行動で、最悪の事態は食い止められた。民は国の宝だ。たとえ命ひとつであっても、無駄に捨てさせてはならぬ。したがって、事態をうまく収拾できたことには安堵していたが、…羅剛の胸には、ここしばらくある苛立ちがくすぶっていたのだ。その懊悩が、どうしても羅剛の心をささくれ立たせていた。

……いったい幾日、俺は冴紗《さしゃ》の顔を見ておらぬのだ…？　冴紗を抱いておらぬのだ…？河の氾濫など、出かける言い訳にすぎなかった。胸が焼け焦げるような苛立ちで、眠ろうと寝台に横たわっても、どうせ安寝《やすい》などできぬ。ならば、職務に忙殺されていたほうがましというものだ。

「永均《えいきん》！」と、羅剛は騎士団長を声高に呼ばわった。

「これで解散する。騎士団員は、おのおの宿舎へ戻れ。…ああ、その前に、飛竜たちの身体を拭いてやって、餌もふんだんに与えておけ。――皆、雨のなか、よう働いた。大儀であった。今宵《こよい》はゆるりと休め」

「は！」

片膝をつき、永均と騎士団員は承諾の意を示す。

うむ、とうなずき、まだ竜場から去ってはおらぬ宰相たちにも、荒く言葉を投げつけた。

「貴様らも、さっさと帰れ。さすがに俺も疲れた。明日の朝会には出席せぬからな。なにか重大事があったら、俺の部屋のほうへ報せろ」

言い捨て、身を翻しかけたところで、背後からおずおずと声がかかった。

「……ところで、王。今宵は冴紗さまが御越しでございますが……」

反射的に振り返っていた。

「なん、だとっ…⁉」

宰相はひとつ頭を下げ、

「大神殿でのご公務を一日早く繰り上げて、こちらへお戻りになられたそうでございます」

驚きと、急《せ》く思いで、どもりつつ尋ねる。

「い、いま、もう、いるのかっ？　俺も永均も出払っておったのだぞっ？　ひとりで来たというのかっ？　…たしかに飛竜は、大神殿に一頭置いてきたが……」

宰相は、なぜだか頬をほころばせて応えた。

「はい。おひとりでいらっしゃいました。数刻前から、花の宮で、御身をお待ちでございます」

「な、なぜ先にそれを言わぬっ。馬鹿者がっ！」

思わず駆け出しかけ、さすがに気恥ずかしくなって、平静を取り繕いつつ、…しかし足早に、羅剛は花の宮へと向かった。

……俺が迎えに行っておらぬのに、いったいどうしたというのだ…？　それも、今日のような雨の日に飛竜を駆るとは、…もしや、なにかあったのか…？

我知らず独り言を吐いていた。

「病とやらは、どうなったのだっ⁉　先日もその前も、ふうじゃなどというふざけた言い訳で、俺と逢わなんだくせに…！」

なにゆえ、今日こちらに来た？　まさか、…病が悪化して、大神殿では治療ができず、戻ってきたのか…？

駆けるように急ぐ廊下で、女官長と遭遇した。彼女も花の宮へと向かう途中らしく、手には菓子籠を持っていた。

羅剛の顔を見ると、彼女はゆったりと頭を下げた。

「おや、お戻りでございましたか、王。ご政務、お疲れ様でございます」

声を荒らげてしまった。

「貴様まで、しかつめらしい挨拶をするな！　冴紗が来ているというのは、まことかっ⁉」

「ええ。いらしておりますよ」

女官長も、うっすらと笑みを浮かべて応える。

よけい頭に血が昇ってしまった。

「なにがおかしいっ⁉　宰相といい、貴様といい、人を小馬鹿にしたように笑いおって！」

ここしばらくの鬱憤《うっぷん》を叩きつけるように言い募る。

「俺はもう九日間も冴紗に逢うておらんのだぞっ？　大神殿との取り決めで、ただでさえ二日置きにしか連れて来れぬというに、冴紗が病んでおるとかで……二回も、だ！　二回も、こちらの番を取り消しおった！　…いったい、なにがどうなっておるのだっ⁉　具合が悪いというに、なにゆえ大神殿の神官どもとは普通に会うのだっ？　話をするのだっ？　…いいや、それだけではないぞ！　聖虹使《せいこうし》の謁見もこなしていたというではないか！　なにゆえ冴紗は、俺にだけ逢おうとせんのだっ⁉　それが今日になって、なぜやって来たっ？　冴紗はなにを考えておるのだっ⁉」

女官長は、猛り狂う羅剛を宥めるように返してきた。

「どうぞ、落ちついてくださいませ、王」

地団太を踏んで言い返していた。

「うるさい！　落ちつけるわけがなかろう！　俺はもう限界だったのだ。冴紗が来ておるというなら、早く逢わせろ！　…さすがに、戻って来たのなら、俺と逢わぬとは言わんだろう！」

年嵩《としかさ》の女官長は、ぴしゃりと言った。

「ですから！　すこし落ちついて、わたくしの話を聞いてくださいまし！」

「……っ」

羅剛は肩で息をしながら、懸命に口を噤《つぐ》んだ。

悔しいが、花の宮での一切は、この女官長が仕切っているのだ。王であり、冴紗の夫である自分でも、容易には口出しできぬ。

それは、冴紗のため。冴紗が心安らかに暮らせるようにと、羅剛自身が取り決めたことであった。本人が破るわけにはいかぬ。

一度大きくため息をつくと、女官長は語り始めた。

「ええ。冴紗さまはいらしております。ですが、――お逢いになる前に、わたくしから申し上げたいことがございます」

口を開けばまた繰りごとを吐いてしまいそうなので、羅剛は顎をしゃくっただけで先を促した。

「冴紗さまのお話ですと、御身はたいそうお怒りでいらしたそうですね？」

ぎろりと睨んでやる。

「あたりまえだろうっ！　俺が迎えに行ったというに、冴紗は二度とも顔も見せなんだのだぞっ!?　神官どもに言づてしただけで！」

「お逢いになれるわけがございませんでしょう？　冴紗さまは、風邪を召していらしたのですよ？」

「わかっておるわ！」

「いいえ。おわかりではございません。御身にお移ししては大変、とお考えになられたのでしょうに」

勢いをそがれた。

「……なん…だと…？」

呆れた様子で、女官長は肩をすくめた。

「そうはお考えになりませんでしたの？　…ほかに、どのようなわけがあるというのです？」

「……だ、だが……神官どもや、民とは……」

女官長はわざとらしく嘆息《たんそく》し、教え諭すように言った。

「それは、了解を取り、それでもよろしければ、ということでしょう？　冴紗さまからお移しいただける病なら、神官も民も、かえって大喜びでございましょうから。じっさい、風邪といっても、ほんの少々お咳が出ているくらいで、お話をなさるくらいでは、なんの問題もなかったようですわ。――ですが冴紗さまは、御身にだけはどうしてもお移ししたくなかったのです。そのために、お気持ちを押し殺して遠ざけていらっしゃったのに、…冴紗さまのけなげな想いを、あなたさまはまるでわかっていらっしゃらなかったのですね」

ぐうの音《ね》も出ない、とはこのことだ。

「………お、俺だとて、…ふうじゃくらい移されても……」

「御身は、この倻才邏《いざいら》の王でございましょうに」

「王だからといって、べつに俺は虚弱な王ではないぞ！　神官や民どもが移らぬのに……」

「他の者とは違います。御身は、冴紗さまと肌をお重ねになられますわ」

もう言い訳も尽きてしまった。羅剛は不貞腐《ふてくさ》れて横を向いた。

……そこまで気が回らなかった俺も悪いが……。

病を移されるより、逢えぬほうが数倍つらいのだと、…冴紗のほうも、なにゆえ俺の想いをわかってくれぬのだ！　と、恨みごとさえ言いたくなる。肌を重ねるなというなら、こらえてみせる。ただ見つめ合うだけでもかまわなんだのに、…と。

ふいに、女官長はくすくすと笑いだした。

「御身は、…王としては素晴らしいお方でございますのに、ほんに、冴紗さまのことに関してだけは、ひどくお子さまでいらっしゃる」

言葉もない。じっさいそのとおりだ。

「冴紗さまは、落ち込んでいらっしゃいましたよ？　御身のご勘気《かんき》を、たいそう気に病んでおいででした」

「そうだ！　…それで？　冴紗の具合はどうなのだっ？」

「ええ。もうすっかりご回復なさっておられます。大神殿の神官方も、ご快癒《かいゆ》のお墨付きをくださったそうです。それでなければこのような日に、飛竜になど、けして彼らが乗せませんわ。いくら冴紗さまが、王宮に帰りたいとおっしゃっても」

女官長は、そこでなにやら意味深な口調になった。

「ですが、……御身を怒らせてしまったと、冴紗さまがたいそうしょげていらしたので、女官たちが、すこし入れ知恵をしてしまったらしいのです」

「入れ知恵だと…？」

含み笑いでつづける。

「ええ。宮に入られましたら、なにがあっても驚かれませぬよう。冴紗さまのお心を汲んで差し上げて……」

そこまで言いさし、女官長はついにこらえきれぬ様子で吹き出したのだ。羅剛のほうは怒り心頭だ。

「なにがおかしいっ⁉　人が素直に聞いておれば…！」

「いえ。ほんに、冴紗さまがあまりにおかわいらしくて……」

「言葉を濁すな！　意味がわからぬ。冴紗が愛らしいのは、いつものことではないか！いまさらなにを言うておる！　――おいっ、いつまでも笑うておらんで、先をつづけいっ」

しかし、彼女は笑いつづけるのみだ。

業《ごう》を煮やした羅剛は、捨て台詞で歩を進めた。

「ああ、もうよいわ！　冴紗は花の宮におるのだなっ？　ならば、俺は行くぞ！　貴様は、笑いたければそこで死ぬまで笑うておれ！」

渡り廊下を行くと、花の宮の女官たちが出迎えた。

「いらせられませ、王さま」

「お待ち申し上げておりましたわ」

「お部屋のほうは、きちんと暖かくしてございますから、ご安心を」

羅剛を見るなり、女官たちもくすくす笑いで頭を下げる。

かっとなった。どいつもこいつも、なぜ自分を見て笑うのだっ⁉

「女官長に聞いたぞ！　冴紗にいったいなにを入れ知恵したっ⁉　ことと次第によっては、貴様らでも処分するぞ！」

女官たちは笑いさざめきながら答える。

「まさか。私どもは、冴紗さまのおためにしたことですわ」

「しもじもの風習でございますけれど、…ええ、王さまも間違いなくお気に召してくださいますわ」

「こたびのご褒美は、お菓子でかまいませんわよ？」

からかうような口調だ。羅剛の怒りはさらに燃え上がった。

「――褒美、だと？　なにゆえ褒美などやらねばならんのだ⁉　貴様ら、俺を愚弄しておるのかっ⁉　冴紗のためと思うて、特別に扱ってやっておるというに、――なんだ、そのふざけた物言いはっ⁉」

しかし女官たちも、なぜだかまったく笑いやめぬのだ。

「いいえ、いいえ」

「冴紗さまを一目ご覧になれば、わかりますわ」

「かならず、私どもに感謝してくださいますから」

ついに羅剛は怒鳴った。

「ああっ、もうよいわ！　貴様らと話しておっても、埒が明かぬっ」

荒々しく扉を開け、飛び込むように入ったのだが、――足を一歩踏み入れたとたん、寝室内のあたたかさに驚いた。

「………なん……だ？」

奇妙な暑さだ。雨のなか飛んできたため、身体が冷えていてそう感じるのかと思ったが、…それだけではない。部屋の暖炉が焚かれているようだ。

まだ暖炉を焚くには早すぎる時期であろうに、と怪訝な思いをいだきつつ、声を張りあげる。

「冴紗！　…おるのかっ？　おるなら、さっさと出て来い！」

だが、冴紗は姿を現さぬ。

「冴紗っ！　聞こえぬのかっ⁉　出て来いっ！」

するると。

かたん、と。

衝立《ついたて》のむこうで、かすかな物音がした。

「そこかっ？　なにをこそこそ隠れておるのだっ⁉　俺が帰ってきたというに、まだ逢わぬつもりかっ⁉」

つかつかと大股で歩み寄り、手荒く衝立を撥《は》ねのける。

息を呑んだ。

そこに居たのは、むろん『冴紗』なのだが、……ひどく奇妙な格好をしていた。薄衣《うすぎぬ》一枚しか見につけておらぬのだ。

それも、普通の衣ではない。前掛けだ。女官たちが雑務の際、服の汚れよけに着けるような……。

「…………羅剛さま…………」

おどおどと、怯えたように羅剛を見上げる冴紗。

冴紗が窈窕《ようちょう》たる美人であることは先刻承知だが、久方ぶりに姿を見たためか、胸が妖《あや》しく騒ぎだした。

なんという美しさであろう。

耀く虹の髪は結われておらず、身を包み、足元に流れ、——全身が淡く光を放っているかのよう。

いままで数えきれぬほど煌びやかな衣装を作ってやったが、どの衣装も、これほど冴紗の美しさを引き出すことはできなかった。裸身に、質素な前掛けを着けているだけであるのに、冴紗はそれほど艶麗《えんれい》であった。

眩しさが、目と心を射る。

喉がひりつき、言葉すらまともに吐き出せぬ。

「……な…なにゆえ……そのような格好を………」

羅剛の質問を受け、冴紗は虹瞳を揺らした。

頬は薄紅色に染まっている。…いや、頬だけではない。全身が仄かに色づき、それが冴紗の羞恥を如実《にょじつ》に表していた。

泣きだしそうな顔で、冴紗は応えた。

「…………はい。みなが、……男の方のお怒りを鎮めるためには、これが一番効くのだと、…町の方々は、男の方のご不興を買ってしまったときは、かならずこれでお怒りを収めていただくのだと…………ですから……」

声をふるわせ、祈るように指を組み語るさまの、あまりの愛らしさ、けなげさに、激しく胸を打たれた。

恥じらいの強い冴紗が、このようなあられもない姿になるのは、どれほどの勇気がいったことか。

「……俺は、怒ってなど………おらぬ」

いや、怒っていたはずだが、怒りなど瞬時に霧散してしまった。

いま胸にあるのは、焼けつくようないとしさだけだ。

女官たちの笑っていたわけが、ようやくわかった。そして、この部屋がなぜあたためてあるのか、も。

……女官どもめ。ようもまあ、妙なことを吹き込みおって……。

冴紗は、人を疑うことを知らぬ。姉とも慕う女官たちに、「これがもっとも良い方法だ」と教えられれば、素直に従ってしまうのだ。

だが。考えてみれば、彼女たちのおせっかいのおかげで、羅剛は冴紗のこういう姿を見られたわけだ。これは本当に褒美でも遣わしてやらねばなるまいな、…と苦笑まじりに思う。

探るように羅剛の表情を見ていた冴紗は、おどおどと尋ねてきた。

「……羅剛さま。いまのお言葉は、……まことで、ございますか…? ほんに、お怒りでは、ございませぬか…?」

さて、どう返してやろうかと、頬が緩んできてしまった。

怒っていなかったと言うべきか、それとも、怒ってはいたが、おまえのそのさまを見て怒りなど吹き飛んだと、真実を吐くべきか。

しばし悩んだが、——けっきょく羅剛はどちらとも決めかね、ただ熱く冴紗を抱き締めた。

「…………あ、羅剛さま……っ」

冴紗のあげた声で、はっと気づく。自分はまだずぶ濡れの外套姿であった。

「おお、すまぬっ。冷たかったか？　濡れてしもうたのう？」

冴紗はほんのりと笑み、首を振った。

「いえ。濡れることなど、かまいませぬ。かえって嬉しゅうございます」

ですが、とつづける。

「このように激しく濡れてしまうほど、ご政務に勤《いそ》しんでおられたのですね。民を救うため、たいそうご活躍なさったと聞きました。——まこと羅剛さまは、侈才邏が誇る賢王であらせられます。御身のような素晴らしきお方に嫁ぐことができて、冴紗はほんに幸せものでございます」

痛みのように、胸が熱くなった。

他者に褒められても嫌味しか返せぬひねくれ者の羅剛であるが、冴紗の賛辞だけは、深く胸に沁み入った。

「……俺が良い王であるというのなら、…それは、おまえのおかげだ。おまえのために、俺は良い王になろうとしているのだ」

冴紗は、花がほころぶようにほほえんだ。

「嬉しゅうございます。ありがたきお言葉にございます」


そこで。

ふと我に返ったように、冴紗は身をよじったのだ。

「どうした…？　ん…？」

わけなどわかりきっていたが、意地悪く訊いてやる。

羅剛の怒りを解くためであると、いままでは必死の想いで忘れていられたのだろうが、羅剛が怒っていないとわかるやいなや、急に激しい羞恥がこみあげてきたのだろう。

冴紗は耳まで朱を散らし、しどろもどろで応えた。

「…………いいえ、………あの…………」

薄い前掛けしか見に着けていないおのれの姿を恥じるように、長い髪で前を隠そうとする。

笑って、咎めてやった。

「なんだ？　髪で身を隠せと、女官たちは教えたのか？　違うであろ？」

前掛けごしに、冴紗の胸の木の実を弾いてやる。

「…………ぁっ…………」

狼狽するさまがまた、愛らしい。

わざと視線を下半身に流し、前掛けに形を表しかけている果実をじろじろと見てやると、冴紗は羞紅し、やはり耐えきれぬ様子で髪を抱き込んでしまう。

「困った奴よのう。――ならば、怒っておると言うたほうがよいのか？　さすれば、身など隠さず、さらに俺を愉しませる趣向を出してくるのか？」

一瞬、哀しげな表情になったが、すぐさま冗談だとわかった様子で、冴紗は悔しそうに睨んできた。

羅剛は声をあげて笑った。

「ほんに、ういやつめ。おまえは、聖虹使のときはあれほど無表情で役目を果たすくせに、普段はまったく想いを隠せぬのだな」

女官たちが、あれこれかまいたくなる気持ちもわかる。世の者どもに『虹髪虹瞳の聖なる神の御子よ』と崇め奉られていても、現実の冴紗は、赤子よりも無垢で幼い。

頬をつつき、甘く尋ねてやる。

「そうふくれっ面をするな。…ところで、いくら病が完治したとて、今日は大雨であったろう？　明晩まで待てば、俺が迎えに行ったのだぞ？　それまで待てなんだのか？　治ったらすぐにでも、俺に逢いたかったのか…？」

冴紗は、返事のかわりにせつなげな表情で羅剛を見上げ、そしてふっさりと虹の睫毛を伏せた。

言葉よりもたしかな表情に、胸が痛む。

ひっかけの言葉なぶりなどするおのれを、羅剛は恥じた。

「………そうか」

深く嘆息する。

冴紗とともに居るときは、毎回思うのだ。

この幼子は、けして自分を裏切らぬ。邪心など、かけらもいだいておらぬ。世でもっとも信じるに足る者であると。

であるにもかかわらず、すこしでも離れると、俺を厭うているのではないか、見限ってしまったのではないか、他の男に心を奪われてしまったのではないかと、げすな勘ぐりをしてしまう。

冴紗はなにも悪くない。穢れているのは、自分の心のほうだ。

「すまぬな。俺は、おまえのことに関しては、ほんに阿呆者になってしまうらしいからの。…許せよ？」

すねるさまも、羞紅するさまも、長く見ていたかったが、――ともあれ、身体のほうがもう我慢の限界だった。

羅剛は濡れた外套を脱ぎ捨て、冴紗をしっかりと腕に抱いた。

虹の髪を撫で、背をかるく叩いてやる。

「よしよし。恥ずかしかったな。だが、俺は嬉しかったぞ…？　女官たちにも、しっかり褒美を取らせてやるからの。よいことを教えてくれたと、おまえからもそう言うておけ」

冴紗はなよやかに身を任せてきた。

「……羅剛さま……」

顎を持ち上げ、花の唇にくちづける。

冴紗の唇は、しっとりとあたたかく、甘い香りがした。

「ちょうどうまいこと、明日の会議は出席せぬと伝えてきたのでな、――今宵《こよい》はたっぷりかわいがってやるからの…？」
二、三度まばたきし、冴紗ははにかみながらもうなずいた。
「…………はい。……はい、嬉しゅうございます」

素直な言葉に、胸が熱くなる。

夜はまだまだ長い。

離れていたぶんの想いをすべて籠《こ》め、やさしくおまえを抱いてやろう。

たぶん、いままでの夜よりさらに甘い夜になるだろうと、羅剛は至福のなかで、そう思った。


「さあ」

肩を抱き、寝台へといざなう。

冴紗もおずおずと進もうとしたのだが、なにしろ前掛けしか身に着けていないため、一歩ごとに前がはだけそうになり、さらに、臀部《でんぶ》にいたっては完全に覆うものがないことに気づいた様子で、——へなへなとその場に屈みこんでしまった。

抱き起こしてやろうとしても、羞恥で動けないのか、身をかかえて蹲《うずくま》っている。

「……ほんに、…幾度肌を重ねても、おまえは慣れぬな。どうせすぐ脱がしてしまうのに、いま裸でもかまわぬではないか」

からかいまじりに言うてやると、

「…………慣れることなど、……生涯できるわけがございませぬ。恋しきお方にいだかれる喜びと、恥ずかしさは、……肌を重ねていただければいただくほど、いや増すばかりでございますのに……」

ちいさく首を振り、咎めるような物言いでつぶやくのだ。

自嘲の笑みが唇に浮かぶ。

……そういう意味では、俺も、冴紗を笑うことなどできぬがな。

自分のほうこそ、肌を重ねるごとに、冴紗に溺《おぼ》れていっている。恋しさも喜びも、昨日よりも今日のほうが強い。たぶん今日よりも明日のほうが、いっそう強くなるだろう。

「……しかたなかろう。俺たちは、結ばれるまで長く待たされすぎたのだ」

動けぬ冴紗を、そっと抱き上げ、寝台へと運んでやる。

幾度。

幾度、幾度、こういう場面を夢みたことか。

寝台へ横たえると、冴紗の髪は虹の湖のように広がり、あたりに光を放つ。

清らかで、聖なる、夢幻の湖だ。

「……美しいのう、冴紗……」

羅剛は、いまの想いを素直につぶやく。

「片恋の日々が長すぎて、…ほんに、永遠につづくかと思われるほど長い、地獄の苦しみであったゆえ、……おまえに対する恋心を、俺は、抑えるすべを知らぬのだ。いま、こうしておまえと閨においても、いとしさが増してくる。胸が熱く、ふるえる。……俺は、おまえを嗤うてるわけではないのだ。おまえのさまを見て、俺こそ喜びに浸っておるのだ。俺が恋しいというのなら、いくらでも恥ずかしがってくれ。……慣れずとも、よい。俺のほうこそ、生涯慣れることなどできぬ」

冴紗。

いとしい、俺の冴紗。

くちづけさえ許されなかったころから、おまえを愛してきた。

おまえの心に、声に、姿に、恋い焦がれ、そばにいるときは、おぞましき欲望を抑え込むのに苦悶し、離れているときは、一目なりとも姿が見たいと、渇望でのたうちまわり、……つねに、…つねに、筆舌《ひつぜつ》に尽くしがたい苦しみのなかにいた。

だが。長い片恋は終わったのだ。いま、冴紗は自分の花嫁だ。薄衣一枚で、寝台に横たわり、うっとりと自分を見上げている。

「……さしゃ……」

覆いかぶさり、くちづけとともに名を呼ぶ。

「俺が、…いつからおまえに恋していたか、……知っているか……?」

虹の睫毛をしばたたかせ、冴紗は視線の合わなくなり始めた瞳を、こちらによこす。

「出逢った、最初の日、からだ。あの夜から、俺はおまえに恋していた。おまえの肌に触れたかった。おまえの、恥ずかしい場所を、こうして…」

「あっ……!」

前掛けを撥ねのけ、手を差し入れてしまう。

脚のあわい、冴紗の果実は、ゆるやかに熟し始めていた。

「……あっ、……そこは……っ……」

握り込むと、指を弾く勢いで追熟を速める。

羅剛は喉の奥で笑った。

「覚悟しておれよ？　おまえを早う手折《たお》らせてくれなんだせいで、俺の恋心は止めようもなく膨れあがってしまっておるからな？　歳をとろうが、死にかけようが、生涯おまえに執着するぞ？　おまえの肌を求めるぞ？」

はい、とも、いいえ、とも言えぬようで。冴紗は困惑ぎみに、だが恥ずかしそうに頬を染め、

「…………ならば、……御身も、お覚悟くださいませ」

「ん？　なにをだ？」

問いかけに、冴紗は必死に言い返す様子で、

「わたしとて、……初めてお逢いしました、あの日より、御身をお慕い申し上げておりましたゆえ、……」

愛らしい反論に、頬が緩む。

「そのつづきは、なんだ？　俺を慕っておったと？　いまの物言いだと、おまえも生涯俺に執着して、俺の肌を求めると、そう言うておるようだぞ？」

意地悪く尋ね返したが、むろん冴紗が答えられるわけもない。

しかし、違う、とも言わぬのだ。

……そうか。冴紗も、俺との愛の営みを喜んでくれていたのか……。

さぞや恥ずかしかろう。冴紗は羅剛に犯されたあの日まで、男同士の睦みごとを知らなかったのだ。たしかに慕ってはくれていたのだろうが、おのれの後庭花で羅剛の剣を受け入れることができるとは、それこそ夢にも思っていなかったに違いない。

羅剛は、手のなかの果実を、やわやわと揉みこんでやった。

「……あっ……んっ……」

とたん、冴紗は身を跳ね上げ、声をあげる。

「なるほどのう。言葉は嘘ではないようだな？　おまえの果実は、かるく握っただけで、すぐさま弾けそうだぞ？　そうとう蜜が溜まっておるようだな。…ほれ、どうだ？」

瞳を覗《のぞ》き込み、細かく手を震わせてやる。

冴紗は身悶えた。

「いやっ……あ、…あっ……！」

「俺を慕うておると言うわりには、おまえいつも『いや』と口走るのう。…いったいどういうわけだ？　どちらが真実だ？」

羞恥で口が勝手に『いや』と言うてしまうことくらい、先刻承知していたが、冴紗の狼狽が愛らしいため、ついいじめてしまう。

冴紗は唇を噛み締め、憎らしそうに睨んでくる。

羅剛は声をあげて笑った。

「馬鹿者が。わかっておるわ。おまえが『心地よい』などと、なかなか言えぬことくらいな。…だが、おまえとて、俺がおまえ可愛さでからかっていることくらい、わかっておろうに？　…ほれ、もういじめぬから、唇をほどけ。愛らしい声を聞かせてくれ」

それでも、今日の冴紗は言うことをきかない。

「ん？　なにかすねておるのか？　気に食わぬことがあるか？」

それには首を振る。

少々心配になってきた。

「もしや……しばらく肌を合わせておらなんだから、…つらいのか…？　風邪《ふうじゃ》は治ったというたが、…もしやまた具合が悪うなってきたのか……？」

いいえ、いいえ、と声にならぬ返事をする。

「ならば、どうしたのだ？　おまえのつつましさは知っておるが、…俺は阿呆者なのだ。言うてくれねば、察することもできぬ。…冴紗、言うてくれ。なにか願いでもあるか？」

冴紗の瞳が潤む。花びらがほころぶように、唇が開く。

だが、眉間《みけん》に皺《しわ》を寄せるだけで、やはり言葉が出ぬ様子だ。

本気で羅剛は焦りだした。

「すまぬ！　いじめすぎたか？　久方ぶりに逢えたので、俺は浮かれておったのだ。そのうえ、おまえが愛らしいことをしてくれたゆえ……冴紗、もし厭ならば、…今日はつらいならば…」

「いいえ！」

返す刀の素早さで、言い返してきた。

「いいえ、……いいえ、……どうぞ、お赦しくださいませ。…違うのでございます」

「なにがだっ⁉　なにが違うっ？」

引きかけていた羅剛の手を、冴紗は必死の面持ちで掴んだ。

そして、哀訴でもするような声で、

「……冴紗は……冴紗は………どこか、おかしくなっているのでございます。御身に触れていただけなかったこの九日間で、……なにやら、身体が燃えるように……」

はっとした。

もしや、と思う。

冴紗は、おのれで白蜜を搾《しぼ》ることも、たしかできなかったはず。そもそも『聖虹使』になる身として育てられた冴紗は、性的なもの一切から遠ざけられてきたのだ。

一般の男ならば、身体が疼く感覚も少年時から体験しているが、冴紗は、もしやそれがよくわからぬのではないか…？　羅剛によって手折られ、急激に花を咲かせ始めている身体の反応を、頭では理解できぬのではないか……？

……花筒が疼いておったのか…？　俺に抱かれたかったのか…？

言葉なぶりならばいくらでも尋ねられるものを、真実の問いは口にできぬものだ。

問うてしまえば、冴紗が恥ずかしい思いをする。本人すらわからぬものを、あえて尋ねるまでもない。

「よい。……ただ、…まことに厭なことなら、厭なことを俺がしたなら、…俺にわかるように言うてくれ。それだけは約束だぞ？」

返事を聞く前に、激しいくちづけを与えた。

「……ん、…んんっ……」

押さえ込む冴紗の身が、竦《すく》みあがるように震える。やはり、燃えあがり始めた自身の欲情を、冴紗の心はうまく受け止められぬのだ。

「さしゃ……冴紗……」

頬にくちづけ、瞼、額、……耳朶《じだ》から、吐息を吹き込むように、言を尽くす。

「おまえは俺の妃だ。怯えることなど、なにもないのだ。おまえのすべてを、俺は愛し、受け止めてやる」

怖がらせぬよう瞳を見つめ、その隙に手を滑り込ませてしまう。

「ぁ……くっ……！」

びくんと、冴紗の身が跳ねる。

後庭花の蕾は、固く閉じていた。

羅剛はため息まじりで言うてやった。

「……風邪などで、…なにゆえ俺を遠ざけた…？　おまえの病ならば、俺が口移しで吸うてやったものを。俺に移して、おまえの身になど、病のかけらすら残さなんだのに……」

驚いたように冴紗は言い返してきた。

「なにを…おっしゃいますっ……。御身にお移ししたくない一心で、お逢いできぬ日々もこらえましたものを…！」

「ならばおまえ、俺がおなじことをしたら嬉しいか？　おまえに病を移しとうないと、おまえを九日も遠ざけたら？」

はっとしたように瞠《みひら》かれた瞳が、哀しげに揺れる。

「……ああ、…いや。責めておるわけではないのだ。ただ、わかってほしかっただけだ。さきほども言うたが、…俺は怒っていたのではなくて、おまえに逢いたかったのだ。…おまえが健《すこ》やかなときも、病むときも、俺はいつでも、おまえのそばに居りたいのだ」

話に意識を向かわせておいて、羅剛はふいに、冴紗の蕾を指でこじ開け始めた。

「……いっ……あ、あっ……」

「ほれ。こちらのほうが素直だぞ？　長く俺を寄せつけぬものだから、おまえの蕾はすねて、固く閉じてしまっておるわ」

指先に、すぼまりのきつさがあたる。普段ならば、ゆるゆると撫でてやれば開花を始め、羅剛の指を受け入れてくれるのだが、今日はまったく咲くそぶりも見せぬ。

「……あ、…羅剛、さま、…あっ……………あ………っ……」

「これは、濡らしてやらねばなるまいの。…舐めてやったほうがよいか？　それとも香油でかまわぬか？」

その答えも聞かず、羅剛は枕もとの卓から香油の壜《びん》を取る。すばやくすませてやったほうがいい。九日間の孤閨《こけい》は、どちらにも酷《むご》すぎた。一刻も早く身を重ねてやらねば、冴紗はさらにつらい思いをする。

掌に香油を多めに垂らし、ふたたび蕾へと向かう。

今度は、ぬるりと、指先はすぐさま花の関門をくぐり抜け、あとは吸いこまれるように花筒へと入って行った。

「きゃ、……ぁ…………い、あっ………っ！」

くちゅくちゅと、かるく抜き差しをし、花の輪を拡げていく。やはり久方ぶりでつらいのか、冴紗は瞼を固く閉じ、いやいやをするように虹の髪を打ち振る。

「………あ……ああ………」

宥《なだ》めるように、安心させるように、声をかけてやる。

「よしよし。もう指は根元まで入ったゆえ、そのまま力を抜いておれ。すぐに花を咲かせてやるからの。——冴紗、ほれ、目を開けい。俺と睦んでおるのだぞ？　なにを怖がることがある？」

虹の睫毛がまたたき、冴紗は瞳を合わせてきた。

「……らごうさま……羅剛……さま……」

すがるものを探すように、真白き手を空《くう》に浮かす。

身を倒し、抱きつかせてやった。

「なにをためらう？　俺はおまえの夫だぞ？　苦しければ抱きつけ。つらければ、爪を立てよ」

だが冴紗は首を振る。

「……いいえ、いいえ。……お願いでございます。……どうか…どうか、もう……」

やめてくれと伝えたいのかと一瞬思うたが。違うことに気づいた。

冴紗は、もう抱いてくれと、そう伝えたいのだ。

「まだ、花は咲きかけだぞ？　それでもよいのか…？」

睫毛に虹の涙をからませ、幾度もうなずく。

「申し訳ありませぬ……。今宵は、……もう耐えられそうにございませぬ。…どうぞ、お早く、お召しくださいませっ……」


「わかった」

清らかで優しげな見目《みめ》ゆえ、羅剛でさえつい忘れそうになるが、冴紗はひじょうに情が激しい。

心の感じやすさは、身にもおよぶものだ。それとも、病で離れている日々が、冴紗にもそうとうつらかったのか。羞《は》じの感情が強い冴紗が、みずからの口でねだるとは、たぶん、ひどい疼きが身の内を駆け巡っているのだろう。

羅剛は、素早い動きで自身の雄刀にも香油を塗り込んだ。普段はそこまでしないが、今宵はまだ咲き染めたばかりの花を蹂躙しなければならぬのだ。本人の望みとはいえ、すこしでも苦痛をやわらげてやりたかった。

冴紗の脚のあいだに身を割り込ませ、膝裏に手をかける。胸元につけるように膝を折り畳ませ、

「息を吐け、冴紗」

ひとことだけ命じ、一気に刺し貫いた。


「……………あっ……………は…………うっ…………………！」

絶息《ぜっそく》するような声を吐き、冴紗は身をのけぞらせた。

なまじ香油の滑りがあるため、雄刀の付け根まで一息で刺さってしまったのだ。

「………くっ……」

羅剛も、低く呻く。

すさまじい。目の前に火花が散っている。日を置いたことで、冴紗の花筒は固くすぼまっていたが、反対に、熟れて淫靡《いんび》さを増したようにも感じられる。

「ああっ……羅剛さまっ……羅剛さま……!」

羅剛のおとこを受け入れただけで、冴紗は感極まったように身を悶えさせ、あきらかに歓喜の痙攣を起こしている。

腹に冴紗の放った白蜜の感触があった。

「……羅剛さまっ……ああ、……お慈悲を……っ……あ、あ………」

むろん羅剛にも陶然《とうぜん》とするような快感があったが、それ以上に、心がふるえた。

視界が潤む。

……俺に抱かれて……おまえは、そこまで喜んでくれるのか……。

俺を欲して、恥ずかしい言葉を口走り、そうやって、秘処に俺を受け入れ、官能にのたうってくれるのか。

「冴紗、…おまえは、……まこと、俺の妃となったのだな。俺のものとなってくれたのだな……」

めくるめくような陶酔に我を忘れ、羅剛は激しく腰を動かした。

「ああっ、ああっ……」

眉根を寄せ、冴紗は甘やかな声ですすり泣く。

冴紗の感情の嵐に呼応するかのように、媚肉が激しい蠕動《ぜんどう》を繰り返している。

こねるように腰を回すと、冴紗は息も絶え絶えにあえいだ。

「……あうっ……うっ……ふ、……うっ……うっ……」

刺し貫く角度を変えるたび、音色も変わる。

「………ああ、……いや、…あ、あ、………あ、もう……ああぁぁっ、………」

なにを口走っているのか、もう本人にもわかるまい。

「冴紗！」

抱くたびに、色が変わる虹の花。

この世のだれもが憧れ、しかしだれもが手にできぬ聖なる花。

……俺だけのものだ！

おまえの唇に触れられるのも、おまえの芳《かぐわ》しい香りを嗅げるのも、そして、こうしておまえのなかにおのれの剣を納めることができるのも。

世に、自分だけだ。

ほかの男には、一生渡さぬ。これは、俺だけのものなのだ。

欲望が爆《は》ぜる。

爆ぜるという表現でしか言い表せぬ激しさで、羅剛は冴紗の花筒のなかにおのれの白濁を迸らせていた。


放出の余韻に浸りつつ、深く息を吐く。

「……さしゃ？　大丈夫か？　苦しゅうなかったか？」

かるく頬に触れ、尋ねてやる。

しばらくして、ようやく冴紗は目を開けたが、その瞳は、快感のなごりでいまだ宙をさまよい、ただ、ほうっ、っと甘やかな息を吐き、ふたたび瞼を閉じた。

唇が、なにか言いたげにふるえる。

「……ん？　どうした？」

口もとに耳を押しあてれば、

「…………ぁ…………」

またもや、声にならぬ吐息で、冴紗は羅剛の背にまわした手を、滑らせるのみ。

「なんだ…？　急に俺の背など撫でて…？」

瞼をあげ、冴紗はうっすらと笑み、いとしげに、せつなげに、さらに羅剛の背、胸、腕と、撫でていく。

意味を解し、やはり涙が滲む。

「……それほど心地よかったのか……？　いま、幸せか……」

うなずかず、冴紗はじっと見つめ返してくる。

「…………そうか」

それは、うなずくよりもたしかな応えであった。


……馬鹿者が……。泣けてくるではないか。

そのように嬉しそうに笑むな。

果てのない地獄の恋路を進んできたと思うていたのに、……おまえのほうがさらに苦しい道を歩んできたように、思えてしまう。自分よりも、さらにいっそう冴紗のほうが、自分を愛してくれているように感じてしまう。

いまの想いを口にしたいが、知っているどの言葉でも言い表せそうにない。百万言《ひゃくまんげん》を重ねても、言い尽せそうにない。

「………さしゃ……。冴紗………」

腕のなかにいる冴紗の姿に、初めて逢ったあの日の、少年の冴紗が重なる。

羅剛は幻に語りかけるように、つぶやいていた。

「……よう……出てきてくれたの、冴紗」

走竜を借りることすらできぬ極貧生活であったのに、幼いおまえは、父とともに森を出て、徒歩で数か月もかけ、王都をめざしてくれた。そして、前王暗殺の、まさにその日、そのとき、現場へとたどり着いてくれた。

その後の、長いすれ違いの日々にも、けして自分を見限らず、いまもこうして変わらぬ誠を捧げてくれる。

「……いつでも、俺はおまえに救われてきた。おまえがいなければ、いまの俺はなかった。……これからも……どうか、俺のそばにいてくれ。俺から離れないでくれ……」

愛している。冴紗。

命をかけて、愛している。

冴紗は、言葉を返さず、ただ見つめ返してくる。

言葉よりも雄弁な、その瞳で。

幾万の言葉よりもたしかな、愛のこもった、虹色の瞳で…………。

ある日の娼婦たち

うららかな午後であった。

娼館には、陽のあるうちは、客などめったに訪れない。

雪花《せっか》たちの起居するのは、街道沿い、旅の商人相手の店。普段でも自分たちで客引きに出なければならないほど目立たぬ小館なので、なおさらだ。

開店休業状態の館のなか、娼婦たちは全員で卓を囲み、手持無沙汰《てもちぶさた》に茶などすすりつつ、夜を待っていた。

「……あの子、元気でやってるかねぇ……」

雪花がぽつりとつぶやいた言葉だけで、仲間たちにはわかったようだ。

笑いながら、返してきた。

「元気に決まってんでしょ、ねえさん。都にはいい薬師もいるだろうし、なにより王さまがあんだけ可愛がってんだから、病気ひとつさせやしないよ」

「そうさ、あの子になんかあったら、国じゅう大騒ぎになってるよ。僻地のここいらにだって、話は聞こえてくるだろうし、…あたいらが心配することなんか、なにもないさ」

雪花も笑った。

「ま、そりゃそうだな」

『あの子』、…本来ならば『聖虹使《せいこうし》さま』、『王妃さま』、またはお名前で『冴紗《さしゃ》さま』とお呼びしなければいけないところなのだが、なぜだか仲間うちではいつまでも『あの子』

という呼び方で通っていた。

たいへん高貴なお方であることは重々承知していたが、あの子と直接、あんなに長くいっしょにいたのはあたしらくらいのもんだろう、…という自分たちなりのわずかな虚栄心や、馴《な》れ馴《な》れしさがあって、だれも名前を呼び改めることができないのだ。

雪花は、しみじみと言った。

「じつはさ、……あたしゃあ、いまでも、夢だったような気がするんだよな」

数日間とはいえ、自分たちのような下層階級の娼婦などが、世の最高位であられるお方とともに過ごしたとは。さらにそのお偉いお人が、あのように純朴で幼い、少年のような方であろうとは。

藍花《あいか》が、部屋のすみを顎で指し、

「うん、そうは思うけどさ。いちおう、王さまからのご褒美は消えてないからさ、夢じゃあなかったんだろうよ？」

壁面には、国から授与された品が、天井ちかくまで積み上げられている。いちおう中身はたしかめたが、だれも手さえつけていない。

「ほんとにさぁ、王さま、どんだけあの子を溺愛してんだかねぇ。……あたいらみたいなのに、山ほどの宝石やら服やら……」

「んなもんくれたって、もったいなくて使えないって。こっちは場末の娼婦だってのに！」

揶揄しつつも、みなが遠い目である。

竜卵を盗まれたと、ただひとりで萋葩《さいは》の荷車を追いかけてきたあの子。

服はびりびりに破れ、全身泥まみれ、被り物で顔を隠し、話す言葉は奇妙に丁寧なうえ、なにを訊いてもとんちんかんな応えを返してくる、……じっさい、最初は知恵の足りない子供なのかと、本気でそう思っていたくらいだ。

「でもさぁ、いま思えば、虹の髪と虹の瞳を見られたくなかったからってわかるけどさ、…あたいら、どうしてだれも、あの子の被りもん、剝がなかったんだろうね？　萋葩の盗賊団の荷車に、ずっといっしょに監禁されてたってのに？」

「なに言ってんだよ？　なんか、…可哀相な気がしただろ？　あんただって、そう思って、だから無理に剝がなかったんだろ？」

「……うん。まぁな」

「あたしは、…傷でもあんのかと思ってたよ。それか、ひどいご面相だ、とかね」

「どっちにしても、あの子、最初から怖がってたよ。人としゃべり慣れてないみたいでさ。ずいぶんおどおど話してたじゃないか？　傷くらいあったって、こっちはぜんぜんかまわないのにって、…ちょっと憐れだったよ」

「訊くことだって、馬鹿っぽかったしねぇ」

「ああ！　あれな！　冗談かと思ったけど、けっきょく本気だったわけだろ？　だったら、きちんと性技を教えてやりゃあよかったよな！」

「ほんとほんと！　こちとら、それにかけては、専門家だからな！」

「だけど、あのうぶな子に、あたいらの『技』を伝授するには、かるく数十年はかかるんじゃないかい？　…いや、そんでも無理かな？」

仲間たちが笑いを交えて語り合っている思い出話を、雪花は黙って聞いていた。

じっさいは、『傷』や『ひどいご面相』どころか、光輝くような美しさの、『神の御子』だったわけだが。人間というのはおかしなもので、最初の印象がずっとのちのちまでもつきまとうのだ。つまり、雪花がいだいた『少々知恵の足りないような、だがひじょうに純粋な子供』という印象が、仲間たちの心からも消えないのだろう。

それとも、こうやって低く見てずうずうしくも思い出を語ることが、もう二度と会うことすらかなわぬ、遠く離れた高貴な『あの子』を偲《しの》ぶ縁《よすが》となっているのか。

そのとき、霧花《きりか》が窓のほうを指差した。

「あれ？　みんな、ちょいと待っておくれよ。なんか、…外で物音がしないかい？」

みな黙り、耳を澄ませてみる。

「ああ、……するね？　飛竜のはばたきみたいな音が」

一瞬後、全員が吹き出していた。

馬鹿らしい。ここは僻地の娼館だ。『あの子』がいるときならともかく、修才邏《いざいら》軍の誇る飛竜が、このような場所に降り立つわけがないのだ。

事件ののちしばらくは、騎士団の方々が来て、あれこれ褒美など届けてくれたが、もう一か月以上経っている。いまさら、あのような偉い方々が訪れる理由もないだろう。

星花《せいか》が肩をすくめ、おちゃらけて言った。

「竜騎士さまのどなたかが、あたいに惚れて、こっそり会いに来たのかねぇ？」

「ばーか。よく言うよ！　大風が吹いてるに決まってんだろ！」

「惚れたにしても、あんたじゃないね。あたしに決まってるさ！」

と、ふたたび笑いかけた矢先、――その声が響き渡ったのである。


「だれぞ、おるかっ⁉」


ぎくり、と全員が身を強張らせる。

扉の外から聞こえた声は、場末の娼館を訪ねる者のしゃべり方ではなかったからだ。

声は苛立ちを含み、なおも問いかける。

「この館に、『雪花』と申す者がおるかっ？　おるなら、扉を開けろ！」

この館の娼婦たちはみな、「花」のつく源氏名を名乗っているので、聞きまちがえたのかと思ったが、いまたしかに「せっか」と言ったようだ。

……あたし……？　あたしに用があるのかい……？

雪花は怯えつつも、急いで扉に駆け寄り、

「……は、はいっ、あたしが雪花でございますが……」

びくびくと開け、外を覗き見、――ひぃっ、と驚きの声をあげてしまった。

「黒騎士、さまっ！」

黒い髪に黒い瞳。

漆黒の外套、漆黒の服。

なんと！　そこに立っていたのは、竜騎士どころではない、修才邏の『羅剛王《らごうおう》』であったのだ！

動顚《どうてん》し、助けを求めようと振り返っても、雪花と同様、仲間たちとて場末の娼婦。一国の王の突然の来訪に仰天してしまい、身動きひとつとれぬ様子だ。

そうこうしている間に、羅剛王は扉を押し、入ってきてしまった。

凛々《りり》しい面ざし、鍛えられた体躯の、堂々たる美丈夫《びじょうぶ》である。

旅の商人などとは、見るからに格も品も違う。むろん神国修才邏の王なのだ。当然のことなのだが、その、他者を圧倒する迫力に、雪花は我知らずあとずさっていた。

低い声が、尋ねてきた。

「黒騎士というのは、俺のことか？」

雪花は、ぺこぺこと卑屈に頭を下げ、あわてて説明した。

「あ、…す、すいませんねぇ。民たちのあいだでは、王さま、そう呼ばれてるんですよ。いつも真っ黒なお衣装でございますんでねぇ」

精一杯丁寧な口調を取り繕っても、しょせん自分は娼婦だ。上品な口のきき方などできない。そして、相手は、この国の『王さま』なのだ。失礼があってはたいへんだ。どうしても声が震えてしまう。

そこにきてようやく、他の者も加勢に入ってくれた。

「……でもっ、悪い意味で言ってるんじゃないですから！　最高に格好のいい騎士さまだって、…あの、民はみんな憧れてますから！」

それは口からの出まかせではなく、ほんとうのことであった。虹霓教《こうげいきょう》信仰国で、最下層の色『黒』を身に着けるのは、死者か、自死する者だけ。羅剛王はなるほど黒髪黒瞳の王ではあるが、みずから漆黒を身にまとい、死さえも恐れぬという決意もあらわに、竜騎士団を率い、先陣切って空を駆ける。敵国へと攻め込んでいく。

貴族たちが王を評する悪口雑言《あっこうぞうごん》は洩れ聞いていたが、平民たちは、自分たちを護ってくれる若き黒衣の王を、ひじょうに誇らしく、頼もしく思っていた。したがって『黒騎士さま』という呼び方には、民たちの純粋な敬意が籠っているのだ。

そういう想いが、王にも伝わったらしい。王はわずかに唇の端を上げた。

「すこし話がしたい。かまわぬか？」

ちらっと背後を見ると、仲間たちはあたふたと卓上を片付け、茶の用意を始めている。

雪花も、断るわけにもいかず、

「……え、……ええ。こんな汚い場所でよろしければ……」


卓に着くなり、王は早々に話を切り出した。

「褒美の品は届いておるようだが、直接の礼が遅くなってすまなかった。あの際は、たいへん世話になった。おまえたちは、虹髪虹瞳の冴紗ではない、薄汚いただの小僧であった冴紗を、身を挺し、護り、助けてくれた。俺は心より感謝しておる。…じつは、冴紗も直接おまえらに会うて礼を言いたいとごねておったのだが……」

雪花は本気で狼狽した。

「いえいえっ、なにをおっしゃってるんですよ！　王さまみずからのお礼なんぞ、…あたしらは、あたりまえのことをしただけですから！　ご褒美だって、お返ししようと思っていたところなんですよ！　…ほら、壁のとこ、見てくださいよ！　いっさい手もつけちゃいませんよ。あたしらには立派すぎるお品ばかりですからね。持ってってくださいよ」

お調子ものの星花が、口をはさんできた。

「それに、あの子は、お外になんかあんまり出しちゃだめですよ！　穢れちゃったらたいへんだし、危なっかしくてしょうがない！」

つい、『あの子』と、いつもの呼び方をしてしまった星花を、雪花は小声で咎めた。

「ば、ばかっ、王さまの前で…！」

ところが王は、愉快そうに声をあげて笑ったのだ。

「ああ、…よい。かまうな。冴紗がひじょうに危なっかしいことくらい、俺がいちばんようわかっておるわ。それに……」

わずかに言い淀み、王は不思議な表情で言葉をつづけた。

「あれは、……おまえたちに、親しげに接してもらって、たいそう嬉しかったらしい。なにせ、……普段、ひどく堅苦しい生活を送っているのでな。――『あの子』と、……そう呼んでおったのだな。ならば、……これからも、そう呼んでやってくれ。あれは、本来、崇め奉られることがひじょうにつらいのだ。哀れなほど、謙虚な性格なのでな」

だれも言葉を返せなかった。

この方が、……ほんとうに、『荒ぶる黒獣』と渾名され、敵国に恐れられている修才邏王なのか。世界最大の国家を治める、王なのか。

しかし雪花の目には、恐ろしさもなにもない、ただ、『あの子』を熱愛している、ひとりの男性にしか見えなかった。

「ところで、冴紗は、……俺のことは……なにか言うておったか？」

探りを入れるような尋ね方だ。どう答えるべきかと瞬時悩んだが、自分の目を信じ、真実を答えることにした。

「王さま。まず、最初に謝っときますけど。――あたしらは育ちが育ちなもんで、お上品な口のききかたはできないんで、それだけはご勘弁願いますよ？　――ええ、ほかの竜騎士さまに、ことのあらましだけは、ちょこっとお話ししましたけどね、…あの子、…ここに来たとき、あたしらに、こう尋ねたんですよ。『男の方に悦んでいただけるにはどうしたらいいのか』、ってね。…ほんとに、あの見るからに世間知らずで、うぶそうな子が、泣きそうになりながら、必死に尋ねてきたんですよ？」

黙っていられなくなったのか、横からみなが口を出す。

「そうですよ！　可哀相になっちまいましてね。あたいら、普通はそんなこと教えるわきゃあないのに、なんだかみんなして教えちまいましたよ！」

「お相手の方にそうとう惚れてるんだって、話だけでもわかりましたからね！」

王はなんとも言えない表情になった。

「…………そうか」

……おやまあ、この方、照れてるよ。

雪花は頬が緩んでくるのを止められなかった。

雲の上のような高貴な方々でも、恋に悩むことなんかあるんだねぇ。こんな場末の娼婦なんかに相談することがあるんだねぇ、…と、なにやら嬉しくなってきたのだ。親近感すら湧いてきた。


半刻ほど、あの子の思い出話に花を咲かせた。

王は、娼婦たちのはすっぱな語りに怒りもせず、ときおり笑いつつ聞いていた。

陽が落ち始めたころ、

「おお。長居をしてしまったな。すまなかった。そろそろ引き揚げるとするか。…これから大神殿に冴紗を迎えに行ってやらねばならんのだ。…じつは、あれは騎竜があまり得意ではなくてな、俺が乗せてやらねば、それこそ、危なっかしくてのう」

ひじょうに嬉しそうにそう言い置き、立ち上がりかけたのだが、――ふと、

「そうだ。最後にひとつ訊いておこう。おまえたち、宝石も服もいらんのなら、なにが望みだ？　なにであっても、俺がすぐに手配をつけてやるぞ？」

言われて、雪花は考えてみる。

「……そうさねぇ。……宝石とか服とか、もちろん、いらないってわけじゃないんだけど、…なんだかもらう気が起きないんですよ。もらっちまったら、あの子との思い出を穢しち

まうような気がしてねぇ」

　仲間たちも同様の考えだったようだ。口ぐちに同意した。

「うん。とくにないな。ばばさまが希望した神殿は、近くに建ててくれてるし」

「こう見えて、あたいらけっこう幸せなんだよなっ」

　そこで、霧花が思いついたように、

「いや、――ひとつだけ望みを言わせてもらえるんなら、…あの子を、これからもかわいがってあげてくださいよ。…いえね、あたしなんかが言う筋合いじゃないんですけどね」

　その言葉に、仲間たちは、いっせいにうなずいた。

「あんた、いいこと言うじゃないか！　…ああ、そうだ！　それが、あたしらの、いちばんの望みだよ！」

「そうだそうだ！　あたいもそれが、望みだね！」

　羅剛王は、不思議な笑いを浮かべた。

「……女どもは、どの者も、みなおなじことを言うのだな」

　雪花も、笑い返した。

「そうですかい？　だったら、それは、間違いなく正解なんですよ。女ってのは、きちんと『ほんとう』が見抜ける生き物ですからね」

飛竜が飛びさるのを見送り、やれやれ、とみなが肩の荷を下ろしたように苦笑した。

「それにしても、――王さまが、『なんでも褒美にくれてやる』って言ってんのにさぁ、だーれも金品ねだらなかったってのは、すげえな！」

星花の軽口に、霧花が応える。

「なに言ってんだよ。そう言うあんただって、なにもねだらなかったじゃないか」

すると。

王の飛び去ったほうの空を見上げ、星花は言ったのだ。らしくないほど、妙にしんみりと。

「…………いいんだよ。あたいは、あの子に、いっとういいもんもらってっからさ」

もう飛竜の姿など見えはしないのに、黄昏の空を見上げ、みなが黙った。

星花の言葉は、全員の気持ちの代弁だった。

そうだ。たしかに自分たちは、あのとき、あの子から、『かけがえのない贈り物』をもらったのだ。

雪花は、気分を変えるために、声を張りあげた。

「さ！　みんな、いつまでもお空見てたって、おまんまは食えないよ！　夜が始まるよ！

化粧なおして、仕事だ、仕事!」

仲間たちの尻を叩くように追いたてながら、ふたたびそっと、背後の空に視線を飛ばす。

……あたしら、ほんとに幸せな国に生まれたよねぇ。

この国の王さまは、自分たちを蔑まない。王妃さまは、ともに語り合ったことを、いまでも良い思い出として覚えてくださっているという。

「それが、いちばんさね」

ああ、そうだとも。

それが、あたしらみたいな庶民にとっては、いちばん嬉しいことなんだよ。

今日も『あの子』は、あたたかな場所で、あの逞しい黒騎士さまにいだかれて眠るのだろう。甘さと優しさに満ち溢れた夢を見させてもらうのだろう。

想像するだけで、心が安らいだ。幸せな心地となった。

そして、――そう思える自分が、雪花は、ひじょうに誇らしかった。

あとがき

皆さま、こんにちは。吉田珠姫《よしだたまき》でございます。

まずは――東日本大震災で被災した皆さまへ、心よりのお見舞いを申し上げます。

そして、一日も早い復旧、復興をお祈りいたしております。

じつは、今回急遽この『番外編集』を出すきっかけになったのも、大震災で被災された方からのお手紙でした。

吉田は、バレンタインの時プレゼントをくださった方に、『ホワイトデー小冊子』というものをお礼としてお返ししているのですが、その方は津波で流されてしまったそうで……（家ごと、だそうです）、ほかにも、福島の原発事故で家に帰れなくなってしまった方からも同様に、「もう一度小冊子やペーパーをいただけますか？　お金を払っても欲しいです」というご要望がありまして、そちらの方々にはもちろんすぐさま新しいものをお送りしましたが、――それならば、ほかにも読みたいと思ってくださる方がいらっしゃるかも、…と思い、今まで書いた『神官シリーズもの』をこまごまと集め、書き足し、書き下ろしを加え、一冊にしました。
多くは『吉田通信』という情報ペーパーのものなので、短編ばかりですが、少しでもお楽しみいただければ幸いでございます。

さて。
話はガラッと変わりますが。
前巻の時、ちょうど時期はずれで入れられなかったお客様からの爆笑メール文をちょこっと。

【夏の暑苦しさ顔負けの羅剛王さま、というか、らぶらぶでろあまハチミツ砂糖あえメープルシロップ添えの、羅剛さまと冴紗さま、部屋のクーラー修理してお待ち申し上げております！】

↓ええ。今回も暑苦しさ全開でございますよ！（笑）最初の2作などは、まだ冴紗に手ぇ出してない頃の話なので、悶々もんもんと、マクラ噛んでゴロンゴロンのたうちまわってるみたいな、青春の超絶暑っ苦しいらごらごパワーが炸裂しております！

らぶらぶでろあまシーンも、くっついてからは爆発してますよ～！

しかし、今回一冊にまとめるために読み直してみますと、冴紗は九歳の頃から、言葉づかいとか少しずつ変化していってるのに（まあ、無理やり変えさせられた、ってのもありますが）、羅剛のほうは一切変わってませんねぇ……。昔っからスケベおやじみたいなガキです、羅剛……。（苦笑）

それだけじゃなく、近頃は仕事もけっこう頑張って、『賢王』っぽくなりつつあるくせに、女性たちには、なんだかもれなく茶化されてしまう男です、羅剛……。（大苦笑）

そういえば、『神官は王を恋い慕う』のあとがきで、高永《たかなが》ひなこ先生も「らごうさま、ちょっとはずかしめたくなる人だと思いませんか？」と書いてらしたし～～。

あっ、ところで！　このあとがきを先に読んでいらっしゃる方のために、お知らせしておきますっ。この本、番外編のため、中のイラストはありませ～～ん！　表紙カバーイラストだけでございますっ！

……で、でも、「吉田の文なんかどうでもいいのっ。高永先生の麗しいイラストだけを見たいのっ」って方でも、表紙の美麗イラストだけで、……お、お許しくださいね……？　お願い、しますね……？（汗っ）

ということで。

次回の神官は、なるべく早く皆さまにご覧いただけるように、頑張ります！

では——今年は、大震災だけではなく、大雨いろいろであちこち大変なことになっていますが、皆様くれぐれもお身体ご自愛くださいませ。

最後までお読みくださいまして、本当にありがとうございました。

吉田珠姫　拝

PS／吉田は、年数回ショートストーリー入りの近況報告ペーパー『吉田通信』を、送料のみ頂戴し、無料配布しております。

神官シリーズの話も、これからまだ書く予定です☆

お取り寄せ方法、バックナンバーなどの詳しい情報はこちらをご覧くださいまし。←

【http://www.tamaneko.com】

KAIOHSHA ガッシュ文庫

出逢い（2008年ホワイトデー小冊子）
渇望—少年の日の羅剛と冴紗—（2010年小説ガッシュ）
永均と瓏朱姫・一話目（吉田通信2008年冬・54号）
永均と瓏朱姫・二話目（吉田通信2009年春・55号）
序章（2005年ガッシュ文庫初ナツ☆フェア書店配布小冊子）
花の宮の女官・こぼれ話（文真堂書店限定配布ペーパー）
後日談（吉田通信2005年秋・41号）
和基・王印の入った剣を渡されて（吉田通信2007年夏・48号）
過去の聖虹使さまの夢を見て（吉田通信2010年夏秋・59号）
驟雨（2010年サイン会限定配布小冊子）
女官たちの小粋な悪戯（2010年ホワイトデー小冊子（書き足しあり））
ある日の娼婦たち（書き下ろし）

吉田珠姫先生・高永ひなこ先生へのご感想・ファンレターは
〒102-8405 東京都千代田区一番町29-6
（株）海王社 ガッシュ文庫編集部気付でお送り下さい。

神官と王の切なき日々—神官シリーズ番外編集—

2011年10月10日初版第一刷発行

著　者　吉田珠姫
発行人　角谷 治
発行所　株式会社 海王社
〒102-8405　東京都千代田区一番町29-6
TEL.03(3222)5119(編集部)
TEL.03(3222)3744(出版営業部)
www.kaiohsha.com
印　刷　図書印刷株式会社

ISBN978-4-7964-0231-6

KAIOHSHA ガッシュ文庫

Illustration 高永ひなこ Hinako Takanaga
神官は王を悩ませる
The priest annoys the king.
初版限定は
ミニドラマCDつき
吉田珠姫 Tamaki Yoshida Presents
幸せな羅剛に、想いが通じたからこその苦しみが襲う。冴紗を常に自分のもとにおいておきたい、ひと時たりとも他人の目に触れさせたくない——。そんな折、羅剛と冴紗は隣国・萋葩より招待を受け赴くことになった。冴紗の美貌に狂った萋葩王が催した宴に、羅剛は大いに怒り——。

砂漠に住む超極貧なアリーは、実は魔物の血を引いていた！
と思ったら、魔物退治を生業とするシンという頑強な男が追ってくる!!　でも、なんだかアリーは、シンに一目惚れしてしまったようで…？　妖艶な美少年に変身するチビでやんちゃなアリーと、強くて無愛想な「魔狩り」の青年・シンのすれちがいラブ♡

KAIOHSHA ガッシュ文庫

誰にも必要とされていない、という思いを抱きながら毎日を送るあさぎは、ある日違う世界へと迷い込んでしまう。そこで出会ったのは、獣のような体躯の男・ソード。彼と会って初めて自分が自分である意味を見いだせたあさぎは、ソードと共に生きたいと願うが、ソード自身に元の世界に戻れと突き放されてしまい…。

KAIOHSHA ガッシュ文庫

善臣と幸彦は、幸せの真っ只中にいる。結婚式を終え、言いようのない幸福に満たされている幸彦は、善臣と一生をともに生きていくことを改めて決意し…。一方「GNOSIS」の他のメンバー――光、瀬戸、そして博記は…？　それぞれを主人公にした短編も読める、待望の書き下ろし新作！

ガッシュ文庫

小説原稿募集のおしらせ

ガッシュ文庫では、小説作家を募集しています。

プロ・アマ問わず、やる気のある方のエンターテインメント作品をお待ちしております！

応募の決まり

[応募資格]

商業誌未発表のオリジナルボーイズラブ作品であれば制限はありません。

他社でデビューしている方でもＯＫです。

[枚数・書式]

40字×30行で30枚以上40枚以内。手書き・感熱紙は不可です。
原稿はすべて縦書きにして下さい。また本文の前に800字以内で、
作品の内容が最後まで分かるあらすじをつけて下さい。

[注意]

・原稿はクリップなどで右上を綴じ、各ページに通し番号を入れて下さい。
また、次の事項を１枚目に明記して下さい。

タイトル、総枚数、投稿日、ペンネーム、本名、住所、電話番号、職業・学校名、年齢、投稿・受賞歴（※商業誌で作品を発表した経験のある方は、その旨を書き添えて下さい）

・他社へ投稿されて、まだ評価の出ていない作品の応募（二重投稿）はお断りします。

・原稿は返却いたしませんので、必要な方はコピーをとって下さい。

・締め切りは特別に定めません。採用の方にのみ、３カ月以内に編集部から連絡を差し上げます。また、有望な方には担当がつき、デビューまでご指導いたします。

・原則として批評文はお送りいたしません。

・選考についての電話でのお問い合わせは受付できませんので、ご遠慮下さい。

※応募された方の個人情報は厳重に管理し、本企画遂行以外の目的に利用することはありません。

宛先

〒102－8405　東京都千代田区一番町29－6
株式会社 海王社　ガッシュ文庫編集部　小説募集係